"야호~ 예요.
아까는 소란스럽게 했네요~.
란이라 불러줘요♪"
슬레이어즈 17
머나먼 귀로

콰아!
격렬한 바람과 함께 흙먼지를 가르고
한 쌍의 거대한 검은 날개가 펼쳐졌다!
– 저것은…!
"드래곤?!"
그렇다….
그것은 한 마리의 검은 드래곤이었다!
나도 드래곤은 몇 번 본 적 있지만…
그중에서도 엄청나게 크다.

그리고…
생각 해보니 나 혼자만 있는 것은 아니야!
스윽-!
?
리나!
네가 함께 있어 주잖아!
반짝오오오옹

NT Novel

HAJIME KANZAKA 칸자카 하지메
일러스트 | 아라이즈미 루이
번역 | 김영종

목 차

1. 정신을 차려보니 낯선 마을에 와 있었다

정신을 차려보니 낯선 마을에 와 있었다.

"…어?"

무심코 얼빠진 목소리가 흘러나왔다.

늘어서 있는 집들. 이곳저곳에 있는 노점과 상점들. 거리를 오가는 가지각색의 사람들. 덜컹덜컹 바퀴 소리를 내며 흙먼지를 일으키는 수레.

하지만.

그것들 전부가 달랐다.

건축 양식과 장식, 노점의 분위기와 특징, 사람들이 입고 있는 옷의 디자인과 무늬까지.

모든 것이 낯선 것이다.

아니.

여기서는 오히려 우리 두 사람이 이상한 것이려나? 길을 가는 사람들이 힐끔힐끔 무례한 시선을 이쪽에 던진다.

솔직히 이쪽은 그렇게 특이한 차림을 하고 있지 않다.

나는 긴 밤색 머리카락에 검정 머리띠와 검정 망토. 허리에는 쇼트 소드를 차고 있고 몸 이곳저곳에는 보석 애뮬릿.

밝은 곳에서는 조금 튀어… 아니, 죽어 보이지만 마법사로선 비교적 평범한 차림이라고 해도 좋다.

한편 내 길동무인 가우리는 긴 금발과 호리호리한 체격의 미남자. 용모가 거친 일을 할 것 같은 이미지와는 조금 동떨어져 있긴 하지만, 라이트 메일과 롱소드 차림으로, 이 또한 흔한 검사 스타일이다.

그렇기는 해도 역시 지금 주위에 있는 사람들과는 어딘지 분위기가 다르다.

"…저기, 리나… 혹시나 해서 묻는 건데…."

가우리는 작게 중얼거렸다.

"여기, 라토카 마을은 아니지?"

"…나도 그렇게 생각해."

반쯤 멍한 상태에서 대답하는 나.

하지만.

"라토카 마을이 맞다네."

사투리 억양이 있는 노인의 목소리에 돌아보니 우리 바로 뒤, 민가 앞 낡은 벤치에 할아버지 한 명이 앉은 채로 이쪽을 보고 있었다.

"말소리가 들렸거든…. 이 마을 이름은 라토카가 맞다네.

그보다 자네들, 여행자인가? 꽤 요상한 차림에 갑자기 어딘가에서 튀어나온 것처럼 보였네만… 어디서 왔나?"

"어디냐면…."

물론 라토카 마을에서 왔다.

그렇게 대답하려던 말을 꿀꺽 삼켰다.

그것도 결코 틀린 말은 아니지만.

보다 정확히 말하면.

라토카 마을에서 어딘지 알 수 없는 장소를 거쳐 지금 이곳에 와 있는 것이다….

사건의 발단은 오늘 점심….

우읍, 콜록콜록!

뿜을 뻔했던 주스를 억지로 삼켰더니 그 반동으로 사레가 심하게 들렸다.

"…이봐, 이봐, 괜찮아? 리나."

가우리 말에 반응도 못 하고 한참을 콜록거리고 나서.

"아… 괘… 괜찮아….

그보다! 아저씨!"

나는 식당 아저씨에게 물었다.

…제피리아의 수도인 제필 시티와 가까운 라토카 마을.

점심 전에 이곳에 도착한 나와 가우리는 조금 이른 점심을 먹고, 다음 마을까지 가서 오늘 묵을 여관을 찾을 생각이었다.

그런데….

점심시간이 되기 조금 전 들어간 식당에는 다른 손님들의 모습이 없었고, 그래서 무료했는지 식당 아저씨는 이것저것 말을 걸어왔다.

밥을 먹으면서 대충 흘려듣고 있었는데….

어떤 말을 들은 순간, 뿜을 뻔한 것을 참는 바람에 사레가 들린 것이다.

"저기, 그러니까 방금 이야기를 정리하면…

촌장님 댁에 불청객이 찾아와서 그대로 눌러앉았다는 거죠?"

"응."

고개를 끄덕이는 식당 아저씨.

"이후로 촌장님 댁의 낌새가 어딘지 이상해졌고요."

"그래."

"그리고 그 불청객의 이름이…."

말문을 흐리자 식당 아저씨가.

"노스트."

"…으으으으으음."

역시 잘못 들은 게 아니었군….

"아는 사람이야? 리나."

"알고 있달까… 짚이는 게 없지 않다고 해야 할까… 그냥 나의 착각이었으면 좋겠다고 해야 할까…."

질문하는 가우리에게 나는 모호하게 대답했다.

근거는 별로 없다. 아주 아주 아주 약하다.

만약 그렇다면 싫은데 하는 피해망상에 가까운 상상이다.

하지만.

그 상상이 만에 하나라도 맞을 경우, 조만간 반드시 큰일이 터질 것이다.

…뭔지 모를 녀석이 높은 사람 집에 눌러앉은 후로 높은 사람의 낌새가 이상해지고 있다….

음모와 침탈 등에서는 아주 흔한 패턴.

칭찬받을 일도 아니고, 내버려두면 크든 작든 소동이 일어나지만 그렇다고 그것들 전부에 이쪽이 개입할 이유는 없다.

하지만.

하지만 말이다.

사건을 일으키고 있는 것이 복수, 돈, 권력 같은 것을 노린 인간이라면 몰라도, 만약 마족이라면…?

마족.

세계의 멸망을 바라는 존재. 삶을 바라는 자들의 천적.

루비 아이(붉은 눈의 마왕) 샤브라니구두를 정점으로 한 다섯 명의 심복들. 헬마스터(명왕), 다이나스트(패왕), 그레이터 비스트(수왕), 딥시(해왕), 카오스 드래곤(마룡왕).

그리고 그 각각이 신관 혹은 장군이라 불리는 고위 마족을 한 명에서 네 명 정도씩 거느리고 있다.

…이 부분에 대한 이야기는 보통 세간에 그저 전해 내려오는 이야기일 뿐, 실재하지 않는다고 생각되는 경우도 많지만….

실제로.

나는 그런 녀석들과 자주 맞닥뜨렸다.

그리고.

전에 다이나스트(패왕) 그라우쉐라 휘하에 있는 패왕장군 쉐라와 싸웠을 때, 다이나스트(패왕) 그라우쉐라의 부하 중에 '다이나스트 그라우쉐라'의 이름 일부를 따와서 변형한 듯한 이름을 가진 신관과 장군이 더 있다는 것이 판명되었다.

이는 그라우쉐라가 부하를 장기말 같은 것으로밖에 보지 않아서 대충 이름을 붙인 결과라고 한다.

…그리고 그것을 감안해보면.

다들 눈치챘으려나?

'다이' '나스트' '그라우' '쉐라'와 비슷한 이름의 고위 마족이 각각 존재하고 있다는 것을.

그리고 지금 이 마을에서 수상한 움직임을 보이고 있다는 '노스트'라는 인물.

…'노스트'와 '나스트'. 어딘지 비슷한 어감이다.

하위 마족은 괴물과 다름없는 모습을 하고 있을 때가 많지만 고위 마족은 인간과 전혀 구분이 안 되는 모습을 할 수도 있다.

다시 말해.

고위 마족이 사람 모습을 하고 인간 사회에 숨어들어 무언가를 꾀하고 있을 가능성이 있다.

물론… 이게 다 나의 과대망상이고, 그저 이름만 비슷한 다른 사람이 무언가를 하고 있다는 가능성 쪽이 더 클 것이다.

하지만 망상일 뿐이라고 흘려 넘겼다가 만에 하나, 우려가 현실이 된다면?

나중에 일이 커진 후에 그때 손을 썼더라면… 하고 후회하기는 싫다.

하물며 이곳은 고향집 근처. 전혀 남의 일이 아니다.

그렇기에….

"…아저씨, 그 노스트라는 녀석이 있는 곳을 가르쳐줄래요?"

나는 그렇게 물었던 것이다….

평범한 마을.

라토카를 한마디로 표현하자면 그렇게밖에 표현할 수 없었다.

마을 사람들이 들으면 화낼지도 모르지만, 여행자 열 명에게 묻는다면 일고여덟 명은 같은 대답을 할 것이다.

늘어서 있는 집들. 이곳저곳에 있는 노점과 상점들. 거리를 오가는 가지각색의 사람들. 덜컹덜컹 바퀴 소리를 내며 흙먼지를 일으키는 수레.

큰길이 마을을 가로지르는 중심가에서 조금 안으로 들어간 한 구석에 촌장의 집이 있었다.

호화롭다고 할 정도는 아니지만 큰 집이고, 낮은 생울타리가 부지를 빙 둘러싸고 있으며, 정원수도 손질이 잘되어 있다.

—흠, 어디서부터 어떻게 접근해야 하려나.

촌장 댁 현관 앞에서 내가 망설이고 있자니.

"…저기, 리나."

지금까지 아무 말 없이 멍하니 따라왔던 가우리가 입을 열었다.

"왜?"

"우리들은 왜 이 집에 온 거야?"

"아."

…그러고 보니 가우리에게는 아무런 설명도 안 했던가…?

지금이라도 설명해줘야 하나…? 아니, 알면서도 시치미 떼는 연기는 가우리에게 무리일 것이다.

그렇다면 여기선 모호하게.

"뭐랄까… 조금 맘에 걸리는 게 있어서 말야.

이것저것 확인해보려고."

"흐음."

좋아! 물어는 봤지만 별 흥미는 없는 것 같다!

본래대로라면 한마디 해주고 싶은 대목이지만 지금 상황에서는 이게 차라리 낫다.

그러고 있는 사이에….

"무슨 일로 오셨소?"

목소리와 함께 촌장 댁 정원수 뒤에서 나타난 것은 지저분한 작업복에 밀짚모자, 그리고 두꺼운 장갑 차림을 한 정원사로 보이는 초로의 남자.

아무래도 나무 뒤에서 작업하다가 이쪽 존재를 깨닫고 말을 걸어온 모양이다.

“…아, 저는 리나라는 떠돌이 마법사인데요,
이곳에 노스트라는 사람이 있다는 말을 듣고서,
혹시 제가 아는 사람일지도 모르겠다 싶어서요.”

순간적으로 적당히 말을 둘러댔다.

“흠.”

정원사 할아버지는 고개를 끄덕이더니.

“그렇다면 직접 만나보는 게 빠르겠군. 따라오시게.”

라고 말하고 나서 성큼성큼 현관 쪽으로 걸어간다.

…얼레?

정원사인 줄 알았는데 말투를 보면 혹시….

여기서 되돌아가는 것은 너무 수상했기에 어쩔 수 없이 뒤를 따르면서.

“저기, 당신은….”

“이 집 주인이라네.”

“그렇다면… 촌장님?!”

“뭐 그렇게 되려나?”

“이거… 번거롭게 해드려서 죄송합니다.”

말하면서 나는 속으로 허둥대고 있었다.

이대로 노스트를 만났을 때.

상대가 평범한 사람이라면 별로 상관없다.

하지만… 만약 내 우려대로 다이나스트(패왕) 휘하의 고위 마족이라면?

전에 쉐라와 싸웠을 때와 비교하면 지금은 함께 싸울 동료들도 없고, 나 역시 마력을 증폭하는 마법 도구를 잃어버려서 쓸 수 있는 마법의 종류와 위력이 줄어든 상태다.

만약 충돌하게 된다면 이길 수 있을지 어떨지 상당히 의심스러운 상황.

지금은 대충 떠보면서 적당히 얼버무리고 퇴각하는 게 좋으려나?

우리들은 촌장님을 따라 집 안으로 들어가 현관 로비 옆에 있는 응접실로 안내되었다.

"앉아서 기다리시게."

그 말을 남기고 촌장님은 방을 나가버렸다.

실내 장식에 화려함은 없지만 꽤 큰 응접실이다. 커다란 테이블과 소파로 보건대 아마 열 명 이상은 거뜬하게 쉴 수 있을 것이다.

둘이서 소파에 앉아 얼마나 기다렸을까….

철컥 하고 문이 열렸다.

"실례하겠습니다."

목소리와 함께 들어온 것은 서른 살 정도로 보이는 남자였다.

호리호리한 체구의 장신으로, 대충 묶은 검정색에 가까운 갈색 머리카락이 어깨까지 내려와 있고, 금실로 여러 가지 무늬가 수놓인 모스그린의 로브는 조금 사이즈가 큰지 입고 있다기보다는 걸치고 있다는 느낌이 들었다.

그가 들어오자 나와 가우리도 일단 예의상 소파에서 일어섰다.

남자는 우리들을 보더니 약간 곤혹스럽다는 기색을 띠며.

"…저는 여기서 신세를 지고 있는 노스트라고 합니다."

뒤로 문을 닫으면서.

"촌장님 이야기로는 아는 사람일지도 모른다고 했는데…

리타 씨라고 하셨나요? 유감스럽게도 저는 면식이…."

리타? 촌장님이 내 이름을 잘못 듣고 전한 모양이네. …아니, 뭐 그건 상관없지만….

솔직히 이런 식으로 직접 대면하게 될 줄은 생각 못 했다. 그나저나 어떤 식으로 이야기를 꺼내야 할지….

"음…. 저기, 뭐랄까, 직접 아는 사이가 아니라 지인의 지인이라고 해야 할까."

적당히 말을 둘러대면서 이것저것 생각한다.

"그것도 어디까지나 가능성의 이야기지만."

"호오, 그래서 그 지인의 이름은요?"

그 질문에 나는 태연함을 가장하면서.

"쉐라라고 하는데."

말한 순간.

노스트의 뒤에 있는 문이 우직 하고 일그러졌다.

"……?!"

몇 장씩 장식판을 덧붙여서 만든 문이 뒤틀리고 소용돌이치듯 일그러지더니, 분해되고 분열되어 문이라는 독립된 물체에서 의미를 알 수 없는 것이 되어 벽 전체와 바닥과 천장에까지 흩뿌려졌다. 그와 동시에 벽도 넓어지고 멀어졌으며 정신을 차려보니 곁에 있던 테이블과 소파도 어느 틈엔가 사라지고 노스트와의 거리도 벌어졌다.

이윽고.

벽조차 저편으로 사라지고 바닥과 천장밖에 없는 넓디넓은 공간 속에서 나와 가우리 두 사람은 노스트와 대치했다.

"…그렇군."

노스트의 입꼬리에 떠오른 것은 미소.

…다짜고짜 시비를 걸어왔다!

좀 더 이것저것 떠보는 대화가 계속될 거라 생각했는데… 이건 완전히 예상외다…!

그리고 당연한 말이지만 인간 마법사라면 주문 영창도 없이 이런 일이 가능할 리 없다.

정체가 결정적이 된 것은 좋지만 이래선 과연 도망칠 수 있을까…?!

하지만 여기서 허둥대면 대책 없이 왔다는 것을 실토하는 거나 마찬가지.

나는 짐짓 태연하게 주위를 둘러보고.

"헤에, 무슨 결계지?"

묻자 노스트는 작게 코웃음을 치며.

"꽤 여유로워 보이는군.

일단 도망 못 치게 하려고 말야.

그 어디도 아닌 장소를 만들었지."

"그 어디도 아닌 장소?"

"그래. 어디에도 있고 어디에도 없는 장소. 그래서 밖에서는 간섭을 받지 않고 안에서도 밖에는 간섭할 수 없어.

아무리 내달려도 나갈 수 없고 애초에 출입구 자체도 없지.

나를 해치우면 술법은 풀리지만 원래 있던 곳으로 돌아갈 수 있을 거라곤 장담 못 해. 아무튼 지금 이곳은 어디에도 있지만 어디에도 없는 곳이니 말야. 술법이 풀린다고 해도 먼 곳에 있는 산속이나 낯선 마을. …어쩌면 바다 위로 나갈지도?

물론 나를 쓰러뜨릴 수 있을 때의 이야기지만."

…또 그런 성가신 짓을….

사실상 도망치는 것은 불가능한 건가…?

"그래서? 쉐라와 아는 사이라고 했는데 무슨 용건이지?"

"대답하기 전에 혹시나 해서 확인해두는데…

그쪽은 패왕장군이거나 패왕신관인 노스트가 맞는 거지?"

"그렇게 묻는 걸 보니… 알면서 내 앞에 나타난 거로군."

노스트는 희미한 미소를 떠올리더니.

"대단한 배짱이야.

그래, 네 말대로 나는 다이나스트(패왕) 휘하의 패왕장군 노스트다.

…그래서? 그쪽 용건은 뭐지?"

그에게서 번져 나오는 살기가 앙금처럼 주위로 확산되기 시작했다.

아무리 그래도 지금 상황은 좀 위험하다. 어떻게 벗어날 방법은 ….

"…어떡하지? 리나. 저 녀석 한판 붙을 생각이야!"

가우리도 긴장의 빛을 떠올렸지만….

"…리나?"

노스트는 눈살을 찌푸리더니.

"리타라고 들었는데?"

"촌장이 잘못 들은 거겠지."

가우리의 말에,

노스트는 잠시 생각하다가….

"…설마 너는!"

경악한 시선을 나에게 보냈다.

"리나 인버스?"

…이런…!

리나라는 이름과 쉐라와의 관계로 이쪽 풀 네임을 맞힌 걸 보면 이 녀석은 나에 대해 알고 있다.

…마족에게 철천지원수라는 것을.

쉐라라는 이름을 듣자마자 얼버무리는 것을 포기하고 이쪽을 이상한 결계에 가두는 녀석이다. 내 정체를 안 이상, 고분고분 놓아줄 리 만무하다.

그렇다고 이제 와서 다른 사람이라고 주장해봤자 통하지 않을

터.

여기서 벗어날 수 있는 방법은….

하지만 내가 무언가를 떠올리기 전에.

비틀.

노스트가 움직였다.

경계하는 나와 가우리의 눈앞에서 노스트는 그대로 무릎을 꿇더니 두 손바닥까지 바닥에 붙이고.

"젠장할!"

절규.

"말도 안 돼! 말—도—안—된—다—고!

나도 말이지! 나쁜 짓은 해! 마족이니 말야!

이래 봬도 패왕장군이라고! 할당량은 없지만 직책이라든지 체면 같은 게 있으니까 그냥 멍하니 놀고 있을 수는 없잖아!

어쩔 수 없이 꼼꼼하게 준비만 하고 아무 짓도 안 하고 있었는데, 이제 슬슬 시작해볼까 하는 참에 '안녕하세요? 리나 인버스예요. 해치우러 왔습니다'라고?!

뭐야?! 말도 안 돼! 정—말—말—도—안—된—다—고!"

왠지 울먹거리며 절규한다.

…저기….

예상했던 반응과 상당히 달라서 당황했지만 아무튼 상대는 고위 마족이다. 이쪽을 방심시키기 위한 무언가의 책략일 가능성도 부정할 수 없다… 고 생각한다.

언제든 주문을 영창할 수 있도록 경계하는 나를 대신해서 가우리가.

"유명한 거야? 너희들 사이에선 리나가."

"뭣?!"

그 물음에 노스트는 발끈해서 고개를 들고 일어서더니.

"'유명한 겨야? 리냐갸?'"

바보 취급하듯 흉내를 내 보이고 나서.

"마왕님을 해치우고 '그분'을 그 몸에 강림시킨 후에도 무사한 데다 헬마스터(명왕) 님을 해치우고 다이나스트(패왕) 님을 물리친 후에 다시 마왕님을 해치운 녀석이 유명하지 않다면 마족은 얼마나 태평스러운 거야?!

위기감이 전무해서 보고도, 연락도, 의논도 안 하는 거냐고?!"

내가 지금까지 고위 마족들과의 싸움에서 거둔 성과를 열거한다.

…음, 이렇게 줄줄이 나열해놓고 보니 운이 따라준 부분도 있지만, 결과적으로 마족에게 엄청 타격을 주긴 했구만….

"그래. 유명해. 엄청 유명하다고!

뭐랄까! 마족 사이에서는 재앙신에 가깝다고 할까, 데몬 슬레이어라고 할까, 까놓고 말해 마족도 피해 가는 녀석이야!"

"피해 간다고?!"

무심코 소리치는 나.

드래곤도 피해 간다는 불명예스러운 별명으로 불린 적은 있지만 마침내 마족에게서까지….

"놀랐냐?"

무슨 까닭인지 가슴을 펴는 노스트.

"…뭐, 무슨 일이 있어도 보복해야 된다며 으르렁대는 녀석들도 우리 마족 중에 있기는 해.

하지만 나를 비롯한 상층부 전체의 의견은 괜히 집착하다 호된 반격을 당해서 이쪽 전력이 깎이면 주객전도니까 관여하지 말라는 거다!"

"다시 말해… 싸울 생각은 없다는 거야?"

가우리가 물었다.

"없어!"

성질을 내며 즉답.

"이건 내 개인의 생각일 뿐이지만 단순히 강하고 약하고를 떠나 우리 마족들은 리나 인버스라는 존재 자체와는 너무 잘 안 맞아!"

"존재 자체…?"

상당히 심한 표현에 내가 망연자실해 있자니.

"네가 전에 '그분'을 강림시킨 이후로 무언가의 간섭력이 네 안에 잔류하고 있는 것 아닌까 생각하는 녀석도 있지만… 그럼 '그분'을 강림시키기 전은 어떻게 설명할 거냐는 반론도 있어.

다시 말해 인간의 지식은 물론이고 마족의 지식으로도 설명하지 못하는 무언가가 있다는 말이 되는 거지. 이쯤 되면 숙명이니 궁합이니 하는 모호한 것이 있다고 해석하는 수밖에 없는 거야!

그런 거엔 아무런 대책도 세울 수 없어! 그러니까 관여하지 않는 것밖에 방법이 없잖아!

그—런—데!

왔어! 오고 말았다고!

아무런 징조도, 뜬금도 없이 그런 녀석이 갑자기 찾아와서 '와버렸어♪'라고 하면 나는 대체 어떻게 해야 되는 거야?!"

한바탕 외치고 나서 돌연 노스트는 자세를 바로잡고 이쪽에 깊이 고개를 숙이더니.

"그러니까 한 번만 봐주세요. 제발 이번 한 번만 꼭 부탁드립니다!"

…….

"저기…."

일국의 군과 마법사들을 총동원해도 이길 수 있을지 어떨지 의심스러운 고위 마족에게서 악질 블랙 컨슈머 취급을 받고서 당황하고 있자니 그것을 불복이라 해석했는지.

"아! 그럼 이런 건 어때!

두 사람을 무사히 라토카 마을로 보내주고 나는 마을에서 떠날게! 에잇, 덤으로 나 자신은 향후 5년간… 아니, 눈 질끈 감고 10년! 인간에게 손을 안 대기로 맹세할게!

그 대신 그쪽은 이번에 그냥 얌전히 돌아가주고, 만에 하나 어딘가에서 나와 마주치더라도 모르는 척해줘. 가능하면 눈길도 마주치지 않는 방향으로!”

왠지 멋대로 양보해주고 있다.

…이 녀석… 대체 얼마나 내가 싫은 거야….

그것은 그것대로 왠지 부아가 치밀지만 그렇다고 성급하게 시비를 걸어도 되는 상대는 아니다.

애당초 이쪽도 이런 상황에서의 싸움은 바라지 않았으니까.

“…뭐, 그럼 그렇게 해.”

“이얏호!”

노스트는 처음으로 만면에 안도의 미소를 띠고 주먹을 불끈 쥔다. 열받네.

“그럼 좋은 일은 빠르면 빠를수록 좋다고 했으니….”

“좋은 일?”

나의 지적을 무시하고 노스트가… 무언가를 한 것처럼은 보이지 않았지만 역시 무언가를 했는지 바닥과 천장에 무수한 문양이 소용돌이치고 흔들리듯 떠올라서 시야를 가득 메웠고….

정신을 차려보니.

나와 가우리 두 사람은 낯선 마을에 와 있었다.

바람이 분다.

덜컹덜컹 바퀴 소리를 내며 수레가 지나가고 있다.

“…음….”

나는 잠시 생각하고 나서 벤치에 앉아 있는 할아버지에게 물었다.

"제필 시티 근처의 라토카 마을은… 아니죠?"

"제필…? 거기가 어딘가?"

…이건….

"아, 그럼 이 마을은 어느 나라의 영지인가요?"

"어느 나라…?"

이번엔 할아버지 쪽이 미간을 좁히며.

"그야 아주 오래전부터 루지르테의 영지였네만."

할아버지의 입에서 나온 것은 처음 듣는 나라의 이름. …그렇다면 연안 국가 연합 부근에 있는 소국인가?

"이거… 완전히 당했네…."

머리를 벅벅 긁는 나.

"당했다고? 뭘?"

묻는 가우리에게 나는 손가락을 하나 세우고.

"심술을 부린 거야.

그 노스트란 녀석이 어디에도 없는 공간에서 우리들을 완전히 다른 마을로 보내버렸다고!"

"…하지만 그 녀석, 원래 있던 마을로 돌려보내준다고 하지 않았어?"

"그렇게 말하지는 않았어.

녀석이 말한 것은 '라토카 마을로 보내준다'였거든.

원래 있던 라토카 마을인 것처럼 착각하게 해놓고서 이름만 같지 완전히 다른 곳에 있는 이 라토카 마을로 보낸 거라고."

다른 장소지만 우연히 이름이 같은 마을은 종종 있다. 전에 있던 라토카와 이곳도 그런 부류일 것이다.

"싸움은 하지 않지만 어떻게든 심술은 부리겠다는 거지…. 젠장…."

어릴 적에 했던 주사위놀이에서 골 직전에 스타트 지점으로 돌려보내는 게 있었는데… 설마 현실에서 고향집을 눈앞에 두고 먼 곳으로 보내질 줄이야….

하지만 뭐 딱히 서둘러야 되는 여행도 아니다. 이렇게 된 이상, 여행을 즐기면서 고향으로 향하면 될 뿐.

나는 다시 할아버지에게 묻는다.

"아무래도 저희들이 길을 꽤 많이 잘못 든 것 같네요…. 그래서 가르쳐주셨으면 하는데, 이 마을에 마법사 협회는 있나요?"

할아버지는 잠시 고개를 갸웃거리다가 미간을 좁히면서.

"…아니, 들어본 적도 없군."

"그럼 어딘가 이 근처에 마법사 협회가 있을 만한 큰 마을은 없는지."

거듭해서 물으니.

"아, 아니…."

할아버지는 미간에 주름을 더욱 깊이 새기며 미안하다는 듯.

"미안하네만 그 마법사 협회라는 게 뭔지 전혀 모르겠구먼…."

"아, 그렇군."

나는 그제야 비로소 자신이 착각하고 있다는 것을 깨달았다.

마법사 협회….

이름 그대로 마법사들로 구성된 단체로, 이른바 마법사의 상부상조 조직.

어느 정도 큰 마을이라면 그 지부가 있고 매직 아이템을 취급하거나 지부 간 장거리 통화가 가능한 곳이 있기도 한다.

하지만.

나 같은 마법사라면 그럭저럭 이용하는 곳이지만 마법과 관계가 없는 일반인이라면 볼일도, 흥미도 없을 것이다. 어느 마을에 지부가 있느냐 하는 것 따위는 모르고 있어도 무리는 아니다.

그렇다면 정보가 모이는 곳을 찾으면 될 뿐.

"…그럼 이 마을의 여관은 어디에 있나요?"

"아아, 그거라면…."

할아버지는 비로소 미소를 지으며 의기양양하게 길을 가르쳐 주었다….

…어…?

목구멍까지 치밀어 오른 낙담의 신음을 나는 가까스로 집어삼켰다.

1층은 늦게까지 영업하는 식당 겸 주점. 2층 이상은 손님이 묵는 방.

내가 여관이라는 곳에 대해 품고 있는 이미지는 대충 이런 느낌이었는데….

도착한 그곳은 엄청 평범한 민가였다.

주위 집들과 비교해서 분위기가 다른 것도 아니고, 딱히 더 큰 것도 아니다.

장소를 잘못 찾아왔나 싶었지만, 현관문 바로 옆에 어린아이가 대충 배워서 쓴 듯한 글자로 '여관'이라고 쓴 작은 간판이 세워져 있다. 그렇다면 이곳이 맞다는 건데….

뭐랄까, 평범한 민가인데 비어 있는 방이 있으니 여행자들에게 때때로 빌려주고 있다는 느낌.

"왜 그래? 리나."

멍하니 서 있는 나에게 뒤에서 가우리가 말을 걸어왔다.

"이런 곳에 서 있지 말고 얼른 여관으로 가자고."

"…저기 말야, 가우리…."

"왜?"

나는 고개만 돌려 돌아보면서 눈앞의 집을 머뭇머뭇 가리키고.

"…여기가 그 여관인 모양인데…?"

라고 말하자 가우리는 만면에 미소를 떠올리고.

"…에이, 또 그런 농담을."

"아니, 정말로."

가우리의 미소가 이번엔 얼어붙었다.

"…뭐…?! 그럼 오늘 밤엔 이곳에서 묵는다는 거야?"

"아니, 아니, 여관을 찾고 있었던 것은 사람이 모이는 곳에서 이것저것 이야기를 듣기 위해서라고."

시각은 아직 점심시간에서 조금 지난 정도. 만약 근처에 큰 마을이 있다면 그곳까지 이동하면 되니 굳이 이곳에 묵을 필요는 없다.

그리고 정보 수집이라는 관점에서는….

"…지금 이곳에 들어가봤자…."

"다른 손님이 있을 것 같지 않네."

실례되는 감상을 당당하게 내뱉는 가우리. 아니, 뭐 나도 동감이지만.

어쩔 수 없이 여관 앞을 떠나 상점과 노점이 늘어서 있는 곳으로 간다.

근처에서 발견한 과일 가게. 큰 곳이라곤 할 수 없지만 의외로 진열대에는 진귀한 것들이 이것저것 죽 나열되어 있다.

그중에서 나는 사과를 두 개 집어 들고.

"아줌마! 두 개 주세요!"

가게 아줌마에게 말을 걸자.

"그래. 4코르세나야."

모르는 돈의 단위를 말한다.

이쪽도 아까 할아버지와 마찬가지로, 말에 조금 사투리 억양이 있다.

돈의 단위를 들으면 어느 나라인지 추측이 되는 경우도 많은데… 코르세나라는 건 생판 처음 들어보네….

"다른 나라 돈은 쓸 수 없나요?"

"여행자니? 다른 나라 돈은 좀…."

"그럼 은화로 지불하고 거스름돈을 받는 것은요?"

"그거라면 괜찮아."

거래 성립.

나라가 다르면 돈의 단위와 호칭이 다른 경우가 많다. 한 나라의 돈을 다른 나라에서는 쓸 수 없는 일도 부지기수이다.

하지만 재료 자체에 가치가 있는 금화와 은화라면 이런 식으로 융통이 되는 일도 많다.

은화를 건네고 거스름돈을 받아 살펴본다. 한쪽 면에 무언가의 조개껍질이 인쇄된 낯선 동전.

"그런데 아줌마, 묻고 싶은 게 좀 있는데요,

이 나라는 연안 국가 연합 중 하나일 거라 생각하는데 연합 어디 부근에 있나요?"

"…뭐?"

어리둥절한 얼굴로 되묻기에 내가 다시 한번 같은 질문을 되풀이하자 아줌마는 미간을 좁히고 잠시 침묵하고 나서.

"미안한데 그 연안 국가 연합이라는 게 뭐니?"

"…네?"

이번엔 이쪽이 어리둥절할 차례였다.

…저기….

정치니 뭐니에 흥미가 없는 보통 사람이라면 멀리 떨어져 있는 나라의 이름을 모르는 일은 있을지도 모른다.

하지만 말이다.

자신의 나라가 소속한 연합의 이름을 모르는 일은… 보통 없을 것이다.

"아니, 저기, 바다 근처에 있는 여러 나라가 연합을 맺은 건데요… 이 나라는 그중 하나 아닌가요?"

"…음… 난 나라에 대해 잘 모르긴 하지만 연합을 맺고 있다는 말은 들어본 적이 없는데."

…얼레…?

오싹.

등골이 서늘해졌다.

어떤 생각이 뇌리에 떠오른다. 그것을 어떻게든 부정해보기 위해.

"아, 그럼 이런 나라의 이름을 들어본 적은 있나요?

랄티그, 제피리아, 세이룬, 라이젤…."

잇달아 내가 나열한 이름에 아줌마는 미안한 듯 고개를 계속 가로저었다….

"그… 그럼… 그럼 말이죠, 아줌마가 알고 있는 나라의 이름을 있는 대로 말해줄 수 있나요?"

라고 묻자 아줌마는 의아해하면서도.

"그건 좋지만 그렇게 많이는 몰라. 그러니까, 음…."

열거된 것은….

…모르는 나라의 이름, 모르는 나라의 이름, 모르는 나라의 이름….

들으면 들을수록 자신의 얼굴에서 핏기가 사라져가는 게 분명히 느껴진다.

"…그리고 이 나라가 루지르테… 어? 너 괜찮니?! 얼굴이 창백한데!"

"…아…, 괜찮아요…."

스스로도 분명히 알 수 있을 만큼 대답하는 목소리가 떨리고 있어서.

"정말 괜찮은 거야? 리나! 갑자기 왜 그래?!"

"…아… 알고 말았어."

나를 걱정해주는 가우리에게 떨리는 목소리로 대답한다.

"뭘?"

낯선 거리. 진귀한 과일. 특징 있는 억양.

하지만 그것들이 이곳에서는 보통인 것이다.

아줌마는 내가 열거한 나라 이름을 모르고, 나는 아줌마가 열거한 나라 이름을 모른다.

그렇다면… 생각하고 싶지 않지만…. 웃을 수밖에 없는 사태에 나는 실소를 흘리며 가우리에게 말했다.

"…여기는 멸망의 사막을 넘은 곳에 있는 마족 결계 밖의 세계야…."

먼 옛날의 전설이 있다.

일찍이 이 세계에서는 신과 마족이 싸우고 있었다.

한쪽은 플레어 드래곤(적룡신) 쉬피드.

다른 한쪽은 루비 아이(붉은 눈의 마왕) 샤브라니구두.

세계를 지키려 하는 쉬피드와 멸망시키려 하는 샤브라니구두는 격렬하게 싸우다 이윽고 둘 다 치명상을 입고 힘이 다했다.

힘이 다한 쉬피드는 자신의 힘을 넷으로 나누어 지수화풍 네 마리의 용왕을 만들어냈고.

힘이 다한 샤브라니구두는 일곱 개로 분열해서 인간 속에 자아를 봉인한 후 환생해서 부활할 때를 엿보고 있었다.

그리고 지금으로부터 천 년 전….

북쪽 카타트 산맥을 수호하는 아쿠아 로드(수룡왕)에게 마족이 싸움을 걸었다.

일곱 개로 분열한 마왕의 조각들 중 하나가 부활해서 대장을 맡았고.

심복들 중 헬마스터, 다이나스트, 그레이터 비스트, 딥시는 카타트 산맥을 에워싸고 있는 대륙의 광범위한 부분에 결계를 펼쳐서 아쿠아 로드(수룡왕)의 힘을 약화시킴과 동시에 다른 용왕들의 간섭도 차단했다.

그 결과, 아쿠아 로드(수룡왕)는 격파되었지만 부활한 마왕의 일부도 얼음 속에 다시 봉인되었다고 한다.

이리하여 카타트 산맥은 신이 있던 성지에서 마족의 일대 거점으로 변모했다.

이것이 바로 세간에서 말하는 강마전쟁.

이때 지금 우리들이 살고 있는 지역… 즉 고향집이 있는 제피리아, 연안 국가 연합, 세이룬 등은 헬마스터의 결계, 즉 에르메키아 제국 끝자락에 펼쳐진 '멸망의 사막'에 의해 차단되었고, 바닷길 또한 결계 탓인지 아니면 원래부터 적절한 항로가 없었는지… 아무튼 결계 '밖'과는 왕래가 불가능해졌다.

아니.

불가능했었다고 말하는 편이 옳으려나?

아무튼 지금 우리들은 실제로 '밖'이라고밖에 생각할 수 없는 곳에 와 있으니까.

"젠—장—할!"

과일가게 옆.

골목에 놓여 있던 빈 나무 상자에 앉아 일단 사과를 하나 먹고 나서.

"말도 안 돼."

나는 힘없이 중얼거렸다.

"그렇게 실망하지 마, 리나. 왠지 그 노스트인지 하는 녀석처럼 되어버렸다고."

내 옆에 서 있던 가우리가 역시 사과를 먹고 나서 말했다.

"…너는 별로 동요하지 않는구나…."

"뭐 당황해봤자 소용없잖아?"

…후우우우우우우우우우우우우….

나는 깊은 한숨을 쉬고.

"…아직 상황 파악이 안 되는 모양이네…."

"뭘 말야?"

"…우리들이 지금 있는 곳은 아무래도 마족의 결계 밖… 즉 멸망의 사막을 넘은 곳에 있어."

"그렇게 말했었지."

가우리는 마치 남의 일인 듯한 말투.

"이곳이 얼마나 멀리 떨어진, 어디에 있는 마을인지도 알 수 없다는 거지!"

"그렇겠지."

"원래 있던 곳으로 돌아갈 수 있을지 어떨지도 알 수 없게 된 거야!"

"…그럴지도…."

…역시 이해를 못 하고 있다.

정말로 이해를 못 하고 있다.

"그렇다는 건!"

나는 선언했다.

"그 맛있는 밀사어와 풍미가 만점인 가을의 니기 버섯! 소테에 신이 깃든 오타르 도미와 감칠맛이 끝내주는 미네바 쇠오리 요리 등도 이제 먹을 수 없게 되었다는 말이라고!"

털썩.

"…정말이야…?"

가우리가 그 자리에서 엉덩방아를 찧었다.

"…말도 안 돼…."

그 눈에서 대량의 눈물이 흘러넘친다.

우는 거냐?!

"…리나… 나… 이제… 정말… 어떻게 해야…."

나도 실의에 빠져 있었지만 음식 때문에 나 이상으로 실의에 빠진 것을 보니 이쪽은 오히려 좀 진정되었다.

"…뭐… 기분은 나도 이해해. 하지만 가우리, 절망하기는 아직 일러."

천천히.

나는 자리에서 일어섰다.

"나도 동요하기는 했지만…… 완전히 희망이 사라진 것은 아니야."

"……?"

멍하니 이쪽을 올려다보는 가우리에게 나는 그를, 그리고 무엇보다도 자신을 격려하기 위해 힘차게 고개를 끄덕였다.

"그래! 뒤집어서 생각하면 이쪽에는 이쪽에서밖에 맛볼 수 없는 맛있는 것들이 있을 게 분명하다고!"

"오오!"

가우리의 눈동자에 빛이 켜졌다.

"이곳저곳에서 맛있는 것들을 찾아 먹으며! 돌아갈 방법을 찾

으면 되는 거야! 땅이 이어져 있으면 걸어서 가면 되고, 바다가 있으면 배를 찾으면 그만!"

"그건 그래!"

가우리는 다시 힘차게 일어섰다.

내 눈동자를 똑바로 들여다보며.

"그리고… 생각해보니 나 혼자만 있는 것은 아니야! 리나! 네가 함께 있어주잖아!"

"……."

저기…?! 갑자기 무슨 말을 하는 거야? 이 남자가!

얼굴이 뜨거워지는 것을 느끼며 잠시 말문이 막힌 나를 보며 가우리는 말을 이었다.

"네가 있는 이상, 노자 걱정은 안 해도 된다는 말이잖아!

그 부분은 너한테 전적으로 의지하고 있으니 말이지!

…왜 그래? 이상한 표정으로."

"…아, 아니, 됐어."

…그쪽 이야기였냐아아아아아아….

나는 작게 숨을 내쉬고.

"아무튼! 방침이 결정된 이상, 바로 행동에 들어가기로 하자! 일단 주위에서 이것저것 탐문한 다음, 이야기에 따라선 바로 출발하는 거야!"

"그래! 탐문과 행선지는 너한테 맡길게!"

나에게 전적으로 의존하겠다는 말을 위세당당하게 내뱉는 가우리.

하지만 지금은 기세가 중요하니 굳이 지적은 하지 않는 방향으로!

이리하여.

마족의 심술 때문에 '밖'으로 튕겨나가고 만 나와 가우리의 고향으로 가는 여정이 시작되었다.

마족 결계 '안'이든 '밖'이든 사람이 살고 있는 것에 변함은 없다.

그리고 사람 사는 곳에서는 역시 같은 일들이 벌어지는 법이다.

다시 말해.

"…너희들! 가진 것들을 모두 내려놓고 간다면 목숨만은 살려줄 수도 있다."

가도에서 여행자들 앞을 막아선 채 흔해빠진 대사를 읊으며 물건을 강탈하려는… 그런 녀석들 역시 있다는 말이다.

…라토카 마을을 나와서 가도를 쭉 따라가면 저녁이 되기 전에 마리시다라는 조금 큰 마을에 도착할 수 있다….

그런 이야기를 듣고 곧바로 가우리와 함께 출발한 것인데….

사람의 왕래가 별로 없는 가도를 얼마간 걷고 있자니 열 명 정도의 남자들이 당당하게 우리들 앞에 나타났다.

뺨에 문신이 있고 웃통을 드러낸 모히칸 머리가 쇼트 소드를 내보이며.

"자! 어떻게 할 테냐?!"

…아니, 어떻게 하긴 뭘 어떻게 해. 당연히….

"파이어 볼."

콰아아아아앙!

내가 날린 빛의 구슬은 도적들 한복판에 명중해서 폭발해 그대로 전원을 날려 버렸다.

남자가 진부한 대사를 읊는 동안, 주문을 외워두었던 것이다.

…그리고 다음은….

눈앞의 상대 전원이 쓰러진 것을 확인하고 뒤로 몸을 돌린다.

조금 떨어진 곳에 대여섯 명의 무리가 또 있다.

아, 역시.

앞을 막아선 무리가 주의를 끌고 있을 때 다른 무리가 뒤에서 기습하는… 기본적이지만 효과적인 습격 방법.

하지만.

별동대는 정면의 일단을 괴멸시킨 나의 공격 주문을 보고서 멍하니 경직해 있었다.

내가 다시 주문을 외우려고 한 그 순간.

"자자자잠깐만!"

별동대 중 한 사람, 곰 가죽을 걸친 한 명이 허둥지둥 소리쳤다.

"너희들의 실력은 알았어! 우리는 손을 뗄게! 그러니까…."

"그러니까 아무 짓도 하지 말고 그냥 놓아달라고?"

내 말에서 무언가를 느꼈는지 상대의 안색이 변했다.

"아! 아니! 우리들도 좋아서 도적 같은 걸 하고 있는 게 아냐! 어릴 때부터 거지 같은 부모한테서 학대를 받고 자라서…!"

"흠, 생각해보니 확실히 좋아서 도적이 되는 사람 따위는 없겠지."

"그… 그렇지?!"

"너희들의 과거는 동정해."

"그러면…!"

"하지만 자신을 학대했던 녀석들과 똑같은 녀석이 되지 않겠다는 생각은 하지 않고, 똑같이 다른 사람을 괴롭히며 이것저것 약탈하고 있는 지금의 너희들을 동정할 이유 따위는 없겠지?"

"…뭣…?"

나는 싱긋 미소 지었고….

숲에 두 번째 파이어 볼 소리가 울려 퍼졌다.

"…그래서 다음엔 어떻게 할 거야? 리나."

가우리가 그렇게 물어온 것은 다음 날 아침 식사 자리에서였다.

아침 식사… 라고 해도 여관은 아니다.

어제 오후 도착한 이곳 마리시다 마을은 확실히 규모는 컸지만, 딱히 사람들로 북적대는 것처럼은 보이지 않았다.

잘 정비된 마을이라기보다 마을 두세 개를 그대로 합쳐놓은 듯한 느낌이랄까.

어제 여관을 찾으며 대충 마을을 둘러보았는데 우리들이 전에 있던 결계 '저쪽'과 달리 2층 이상의 집은 거의 없었고 그럭저럭 큰 건물도 손으로 꼽을 정도였다.

상점도 큰 가게가 아니라 라토카에서 본 것 같은 규모의 것들이 여기저기 흩어져 있는 느낌.

그리고 무엇보다도 당황스러웠던 건 전에 있던 '저쪽'과 달리 여행자용 시설이 부족하다는 것이었다.

마리시다에서 발견한 여관은 라토카의 여관만큼 작지는 않았지만 어디까지나 숙박할 수 있는 방이 여러 개 있는 정도.

다시 말해 저녁이든 아침이든 다른 곳에서 먹으라는 말이었다.

여관 1층에 식당이 있으면 저녁을 먹고 나서 바로 방으로 돌아가 쉴 수 있고 아침에 일어나서 1층에 내려가 바로 식사를 할 수 있는데, '저쪽'에서의 방식에 익숙한 나에게는 그런 점에서 꽤 불편했다.

그렇기는 해도 여관 밖으로 나가면 밤에는 그럭저럭 늦게까지, 아침에는 비교적 일찍부터 식사를 할 수 있는 포장마차가 이곳저곳에 있기에 아무것도 먹지 못하는 것은 아니다.

두 사람이 아침을 먹기 위해 들른 곳도 그런 포장마차 중 하나.

밀인지 무엇인지로 납작하게 만든 면에 조금 싱겁고 걸쭉한 채소 고명과 진하게 맛을 낸 다진 고기를 얹은, '저쪽'에서는 보기 힘든 요리로 이 부근에서는 사우리라 불리고 있다고 한다.

친근감이 가는 맛이지만 포장마차인 만큼 메뉴의 종류도 적고 양도 별로다.

나와 가우리는 의자 대신 놓인 나무 상자 위에 앉아 일단 두 그릇씩 먹고,

어느 정도 허기가 가시자 앞으로 어떻게 할지 의논을 시작한 것이다.

"글쎄…."

가우리의 질문에 나는 잠시 생각한 후.

"세 그릇째를 먹어도 좋지만 나로선 다른 가게에도 가보고 싶어.

닭꼬치 같은 것은 어느 정도 맛이 보장되어 있지만 그만큼 무슨 맛인지 상상이 되니까…… 별로 본 적 없는 요리를 노려보기로 하자. 물론 입에 안 맞는 음식을 만나게 될 위험 부담도 있지만 그건 먹어보지 않으면 모르는 일이니…."

음식 이야기냐?! 라고 비웃지 말기를. 살아가는 데 있어서 자는 것과 먹는 것은 기본 중의 기본이다. 낯선 장소에서 음식의 맛을 기억해두는 것은 사실 꽤 중요한 일인 것이다.

우리들이 있었던 '저쪽'과 이곳은, 식재료부터 이것저것 다르다. 애당초 모르는 식재료가 많다.

야영 등을 하며 음식을 자력으로 조달해야 할 때, 가게와 식당에서 보고 먹어본 것과 외형과 맛이 같다면 아마 먹어도 괜찮을 것이다.

반대로 그것을 모른다면, 자칫 독이 있는 것을 먹게 될 위험이 있다.

그런 판단을 할 수 있게 되려면 이쪽 식재료를 최대한 많이 알 필요가 있다.

"그리고 그 후에는…."

나는 하려던 말을 도중에 꿀꺽 삼켰다.

주위에 떠도는 삼엄한 공기.

그것을 깨닫고 시선을 돌려보니 조금 떨어진 곳에서 무장을 한 무리가 걷고 있었다.

자경단 같은 거려나? 대충 스무 명 정도인데, 뭐랄까, 숨길 수 없는 오합지졸감이 펴져 나오고 있다.

갑옷, 투구, 창 등으로 무장한 그럭저럭 병사처럼 보이는 사람도 다섯 명 정도 있지만… 그 외에는 허접한 무기와 없는 것보다 나은 정도의 방어구를 대충 걸치고 있다.

장비를 차려입은 모양새나 걸음걸이만 보아도 제대로 훈련을 받지 않았다는 걸 쉽게 알 수 있다.

그리고 전원의 표정에서 느껴지는 것은 투지나 긴장이 아니라 겁에 질린 기색.

…이것은….

"가자, 가우리. 포장마차 도는 건 나중으로 미루고."

음식 값은 주문할 때 이미 치른 상태라 바로 가도 상관없다. 내가 그렇게 말하자.

"응!"

가우리도 자리에서 일어섰다.

두 사람은 빠른 걸음으로 무장한 무리 쪽으로 향하면서.

"…하지만 별일이네. 네가 이런 일에 자진해서 끼어들려고 하다니."

"나도 성가신 일은 싫지만, 마을 사람들의 신용은 얻어두는 편이 좋잖아?"

물론 어떤 일이냐에 따라 다르기는 하지만… 낯선 곳에서는 신용을 얻는 것보다 좋은 것은 없다.

"…저기요!"

다가가서 말을 걸자 일동은 발길을 멈추고 이쪽을 돌아보더니.

"…뭐야?"

물어온 것은 선두에 있는 한 사람. 붉은 수염을 기른 서른 남짓의 병사 분위기인 남자.

"저희들은 떠돌이 마법사와 용병인데요…."

거기서 조금 목소리를 죽이고.

"혹시… 무슨 일 있는 건가요?"

라고 묻자 병사는 나와 가우리의 실력을 재보듯 빤히 쳐다본 후.

"마법사…? 마술사 말인가?"

가라앉아 있던 병사의 표정이 환해졌다.

이쪽에서는 마법사라는 호칭이 잘 쓰이지 않는 건가?

아무튼….

“뭐 그런 셈이죠.”

“마침 잘됐군! 그럼 힘을 좀 보태줘! 사례는 두둑하게 할 테니!”

“그건 보수 나름이에요.”

“…일단 가면서 이야기하자. 지금은 사태가 급박하니까.”

말이 끝나자마자 병사가 다시 걷기 시작했기에.

“알았어요.”

라고 대답하고 나도 걸음을 옮기기 시작했다.

“브론코다. 이 마을의 병사장이지. 뒤에 있는 것은 부하들이고.”

일반인이 대부분인 것 같지만 말야…… 라는 지적은 꿀꺽 삼키고.

“저는 리나예요, 리나 인버스.

그리고 이쪽은 동료 가우리.

이곳저곳 여행을 하고 있는 도중인데… 왠지 심상치 않은 분위기라 한번 물어본 거예요.

그래서 무슨 일이 있었던 거죠?”

“…….”

그 물음에 브론코는 씁쓰레한 얼굴로 잠시 침묵하다가.

“…어떻게 말해야 할지…… 잘 설명할 자신이 없군. 아무튼 따라와봐. 어쩌면 자세한 것은 너희가 더 잘 알 수 있을지도 모르니까.”

“…심각한 일인가요?”

"…이건 내 상상이지만… 어쩌면…."

끝까지 표정을 감추면서도 창백한 얼굴로 브론코는 말했다.

"최악의 경우, 마리시다 마을은 끝장일지도 몰라…."

그것을 본 순간, 약속이라도 한 듯 전원이 일제히 발걸음을 멈추었다.

"…뭐냐…? 저건…!"

망연자실하게 중얼거린 누군가의 목소리는 공포로 떨리고 있었다.

앞쪽에 보이는 광경은 그들에게 있어서 그만큼 충격적이었던 것이리라.

"…모르겠어…."

브론코의 목소리 또한 떨리고 있었다.

"하지만… 괴물 같은 무언가가 이 근처에 있다는 것만은… 확실해."

"그러고 보니… 할아버지한테서 들은 적이 있습니다…."

다른 병사 차림의 남자가 말했다.

"오래전… 할아버지가 아직 어리셨을 때, 마리시다도 지금만큼 크지 않았을 무렵인데…

이 마을에 흉포한 대악마가 나타나서 마을이 파멸될 뻔한 일이 있었다는군요.

그때에는 왕도에서 백 명의 병사가 파견되어 물리칠 수 있었지만, 병사의 절반은 죽고 마리시다도 거의 궤멸 직전까지 갔다고…
….
설마… 그 녀석이 부활을…?"
"재수 없는 소리 하지 마!"
그 말에 브론코가 일갈했다.
"옛날이야기는 나도 알고 있다! 하지만 그런 일이… 그렇게 자주 일어날 리가 없어!"
"그럼 가르쳐주세요, 브론코 씨!
대체 어떻게 이런 일이 가능한 겁니까?!"
그런 대화를 나누는 일동 옆에서.
나는 미안한 마음으로 가득했다.
병사는 말을 이었다.
"우리들이 그렇게 애를 먹었던 도적단을 괴멸시키고! 이런… 이런 식으로 땅까지 불태웠는데! 이런 일을 할 수 있는 게 괴물이 아니라면 대체 뭐라는 겁니까?!"
…선생님, 죄송해요. 제가 한 일이에요.
심각하기 짝이 없는 브론코 일행… 아니, 브론코 씨 일행이 나와 가우리를 데리고 온 것은 마리시다와 라토카를 잇는 가도… 내가 어제 시비를 걸어온 도적단을 파이어 볼 두 발로 날려 버린 그 장소였다.
당연히 땅바닥에는 커다랗게 그슬린 자국 두 개.
이것을 보고 다들 겁을 먹고 쫄아서 전설에 나오는 악마의 부활을 우려하는 등 난리법석을 떨고 있는 것이다.

…그나저나… 이 반응으로 보건대 이쪽에서는 파이어 볼 마법도, 존재가 별로 알려져 있지 않은 건가…?

물론 '저쪽'에서도 마법사라면 누구나 쓸 수 있다고 할 만큼 일반적이지는 않았지만, 이름이 널리 알려진 마법이기는 했다.

싸우는 상대가 쓰는 경우도 있었다. 마법사가 아니더라도 어지간한 전사와 용병이라면 빛의 구슬이 날아와서 맞으면 폭발하는 마법이라는 정도의 지식은 있을 텐데….

"이제… 끝장이야…."

한 병사가 무릎을 꿇고 눈물을 흘리기 시작했다….

"…리나…."

그런 가운데 가우리는 내 어깨에 툭 손을 얹고.

"…되도록 일찍 말하는 편이 좋지 않을까?"

"…그렇겠지…?"

어쩔 수 없이.

나는 머뭇머뭇 한 손을 들고.

"…저기…."

그것을 본 브론코 씨는 흠칫 놀라며.

"기다려줘! 이런 것을 봤으니 도망치고 싶어지는 기분은 이해해! 함께 싸워달라고까지는 안 할게! 부탁인데, 그래도 무언가 눈치챈 게 있다면 뭐든 좋으니까! 가르쳐줘!"

"…저기… 굉장히 말하기 거북한데요…."

"…상관없어! 어떤 사실을 지적하든 각오는 되어 있으니까!"

"…그거… 제가 한 일이에요."

…….

브론코 씨는 잠시 경직한 후.

"…뭣?"

눈이 무섭다. 엄청 무섭다.

나는 무심코 시선을 딴 데로 돌리면서.

"아, 아니, 그러니까, 저기…

어제 뭐냐… 저와 가우리가 길을 가는데… 도적이 습격해서… 공격 주문으로… 뭐랄까… 날려버렸거든요…."

"…아아…."

무언가 깨달은 듯 브론코 씨는 갑자기 자상한 눈길로.

"우리들의 불안을 해소해주려고 그런 거짓말까지….

다들 너의 그 자상한 거짓말을 믿을 수 있다면 얼마나 마음이 편할지….

하지만 우리들은 마리시다를 지켜야만 해.

설령… 설령 어떤 괴물이 상대이고, 아무리 승산이 없는 싸움일지라도…."

비장한 눈길로 하늘 저편을 바라보고 있다.

…아… 이건 아무리 설명해도 믿어주지 않는 패턴이네….

어쩔 수 없지….

나는 주문을 외우고 모두에게서 떨어진 곳을 향해.

"파이어 볼."

다들 넙죽 엎드려서 절을 했다.

뭔가 미안하다. 진짜 미안하다.

술집 안은 떠들썩함을 넘어 이웃집에서 항의가 올 수준으로 시끄러웠다.

크하하하하 같은, 술에 취한 누군가의 큰 목소리가 들려오지 않는 순간이 없을 정도로 시끄럽다.

결국 그 뒤.

내가 한 일이라는 걸 납득하자 이번엔 도적단 궤멸에 다들 크게 들떴다.

일동은 마리시다 마을로 돌아오자마자 그대로 도적단 궤멸 기념 식사회 겸 술판을 벌이기 시작했다.

저녁은커녕 점심을 먹기에도 아직 이른 시각이었지만 어지간히 지금까지 그 도적들에게 쌓인 게 많았거나, 아니면 어지간히 술을 마시고 싶었던 모양이다.

브론코 씨의 지시로 마을에서 대기하고 있던 병사인지 자경단원인지까지 불러오자 다 합쳐서 대략 40~50명쯤 되었는데, 전원이 가게에 다 들어오지 못하고 절반 이상은 가게 밖에서 마시고 있다. 진짜로 슬슬 이웃에 민폐가 되지 않을지 걱정이다.

"이야! 그나저나 리나 님의 마술은 정말 대단하군요!"

갑옷과 투구를 벗은 브론코 씨는 붉은색의 흐트러진 머리카락에 붉은색 수염, 그리고 직업 탓인지 눈빛도 예리하고 우락부락한 체격이었기에… 솔직히 건달 같은 느낌이 장난 아니다.

모르는 상태에서 밤길에 마주쳤다면 다짜고짜 공격주문으로 날려버리고는, '후유, 위험했다' 하고 중얼거렸을 거다.

"파이어 볼이라고 했나요? 주문 하나로 그런 일이 가능하다니! 왕도의 대마술사도 그런 일이 가능한 사람은 그리 많지 않을 겁니다!"

칭찬하는 브론코 씨 옆에서 가우리는 뼈에 붙어 있는 닭고기를 뜯어 먹으며.

"리나의 마법이 그렇게 대단한 거야?"

"물론입니다!"

그 물음에 브론코 씨는 기세 좋게.

"그 정도 마술은…! …아, 아니, 가우리 님은 리나 님 옆에 쭉 계셨으니 익숙하실지도 모르겠습니다만 사실 그 정도 마술은 쉽게 볼 수 있는 게 아닙니다!

애초에 왕실 소속 궁정 마술사들과 친하지 않다면 마술을 볼 기회 자체가 거의 없으니까요.

실제로 저도 이번을 제외하면 젊었을 때 딱 한 번 봤군요. 그것도 그렇게 엄청난 술법이 아니라 세로 줄무늬 손수건을 한순간에 가로 줄무늬로 바꾸는 정도였지요."

마술 아냐?! 그거?!

이것저것 지적하고 싶은 부분은 있지만 확실한 것은 아무래도 '이쪽'에서는 마법 자체가 별로 대중적이지 않은 모양이다.

싸움을 생업으로 하는 브론코 씨조차 마법에 대한 지식이 거의 없다는 것은, 마법을 쓰는 상대와 마주칠 일이 거의 없다는 말이다.

"궁정 마법… 아니, 마술사라고 하셨는데…."

호칭의 미묘한 차이에 당황하면서도 나는 브론코 씨에게 물었다.

"그렇다면 왕도에 가면 마법사 협회… 랄까, 마술 조합이나 학교 같은 게 있나요?"

"마술 조합이나 학교라고요…?"

브론코 씨는 미간을 좁히고.

"들어본 적 없군요…. 아니, 제가 모를 뿐 실제로는 있을지도 모릅니다만….

쉬피드 교회의 고위 사제가 신의 기적을 쓸 수 있다는 소문을 듣기는 했는데 질문하신 조합이나 학교와는 다른 것일 테고…."

그건 그렇군….

이곳 마리시다 마을에도 쉬피드 교회가 있어서 어제 가보았는데 신관과 무녀가 딱히 무언가 술법을 쓸 수 있는 것처럼은 보이지 않았다.

'저쪽'에서라면 교회의 은혜를 알기 쉽게 보여주기 위해 간단한 치유 정도는 쓸 수 있는 신관이 흔하게 있었다.

어제는 단순히 '저쪽'과는 교회 운영 방식이 다른가 보다 정도로밖에 생각하지 않았는데….

"음…

그럼 브론코 씨, 괜찮다면 왕도로 가는 방법을 가르쳐줄래요?"

"그거라면 맡겨주십시오! 간단한 지도도 드리겠습니다. 아, 맞다. 왕도 파르밧소스의 경비대에 제 지인이 있으니 내친김에 소개장도 써드리죠!"

하나부터 열까지 편의를 봐주고 있다.

아주 고맙기는 하지만 여전히 귀환할 전망은 전혀 보이지 않는다.

왕도인지 뭔지에서 과연 무언가를 얻을 수 있을지….

내심의 불안을 억누르고 지금은 일단 브론코 씨 일행과 담소하며 낯선 요리들을 맛보는 데 집중했다….

2. 주문무쌍이 꼭 좋은 것만은 아니군

숲의 색채와 바람 냄새.

어디에 가든 변함이 없을 거라 생각했던 그런 것들조차 주의 깊게 관찰하면 다르다.

멀리서 대충 보면 똑같은 '녹색 수풀'이지만 가까이서 하나하나를 살펴보면 그것들 대부분이 낯선 나무고 처음 보는 수풀이다.

반대로 '저쪽'에서는 비교적 흔한 매직 아이템의 재료 식물이 '이쪽'에서는 전혀 보이지 않기도 한다.

이것저것 연구해보고 싶긴 하지만 지금은 그것보다 우선시해야 할 것들이 많다.

다음 날.

마리시다 마을을 떠나 왕도 파르밧소스로 향하다가.

나는 가도의 갈림길에서 발을 멈추고 브론코 씨가 손수 써서 준 메모를 품속에서 꺼내 펼쳐보았다.

지도라기보다는 양피지 쪼가리에 목적지까지 가는 길의 순서를 적어놓은 듯한 메모인데, 이것과는 별개로 소개장과 도적 퇴치 사례금까지 받았다.

"…이런 말 하긴 뭐하지만…."

그 메모를 옆에서 힐끔 들여다보고 가우리가 말했다.

"그 뭐시기인지 하는 사람, 친절하긴 했지만 글씨는 참 엉망이네."

메모에는 선으로 그려진 길이 있고, 요소요소에 글자가 기입되어 있는데 솔직히 말해 잘 읽지 못하겠다.

잘 읽지는 못하겠지만….

"악필인 게 아니라 우리들이 쓰고 있던 글자와 다른 거야."

"글자가 다르다고?"

가우리의 목소리가 뒤집어졌다.

"그래.

아무튼 '저쪽'과 '이쪽'은 천 년이나 전에 단절되어 문화 교류가 전혀 없었으니,

여러 가지 것들이 조금씩 다른 방향으로 변화한 거겠지.

처음에는 이쪽 사람들의 말투와 억양을 사투리 같은 거라 생각했는데 그게 아니었던 거야.

그나마 말 자체가 그렇게 많이 변하지 않은 게 다행이라면 다행이려나?

그렇지 않았다면 애초에 말이 통하지 않았을지도 모르니까.

그리고 글자도 꽤 많이 변해 버린 모양인데, 우리가 읽지 못한다고 브론코 씨가 악필인 것은 아니겠지."

'이쪽' 라토카 마을로 처음 왔을 때에는 여관 간판이 꽤 난잡한 글자로 쓰여 있다고 생각했지만 그것은 난잡한 게 아니라 글자 자

체가 원형만 남긴 수준으로 상당히 변화한 탓이었다.

…뭐, 천 년 사이에 변한 것은 이쪽 글자가 아니라 우리들이 있었던 곳의 글자일 가능성도 있지만.

"그럼 뭐가 쓰여 있는지 전혀 알지 못하는 거야?"

"뭐가 쓰여 있는지는 대충 알 수 있어."

"글자가 다르지만 알 수 있다고? 무슨 소리지?"

"일부 글자의 형태와 철자는 우리들이 있었던 곳과 다르지만 그렇게까지 크게 변한 건 아닐 거야. 말 자체는 그렇게 변하지 않았으니까.

다시 말해 '같지는 않지만 비슷한 인상의 문자 조합'일 거라 생각할 수 있어.

그리고 길 순서를 표시한 메모니까 동서남북, 좌우, 산과 강 같은… 방향이나 지형의 특징을 나타내는 단어가 쓰이고 있을 거야.

그것을 전제로 생각하면 대충 뭐가 쓰여 있는지 상상할 수 있지."

"오! 대단하네!"

"……뭐, 그래도 모든 글자를 다 읽어낼 수 있는 것은 아니지만 말야.

예를 들면 이런 거…."

나는 메모 일부를 가리키며.

"지금 가는 이 길에서 왼쪽으로 가라는 지시가 있는데, 그다음에 '버스 승강장'으로 읽히는 단어가 있어.

근데 이 '버스'라는 게 뭔지 도통 모르겠단 말야. 아마 승합 마차나 배 같은 거겠지만."

"뭐, 그건 가보면 알겠지."

"그건 그러네."

나는 고개를 끄덕이고 메모를 품속에 집어넣은 후 지시에 따라 왼쪽 길로 이동했다.

"그런데 리나, 그 뭐시기인지 하는 왕도에 가면 어떻게든 될 것 같아?"

"어떻게든 될 것 같다기보다는… 안 가면 아무것도 안 되는 거야."

걸으면서 나와 가우리는 이야기를 나누었다.

왼쪽은 나무들. 오른쪽은 초원. 우리들 외에 왕래하는 사람은 없다.

별로 큰 가도가 아닌 건지, 아니면 '이쪽'에서는 이동하는 여행자와 행상인이 적은 건지, 아무튼 길 한복판에도 잡초가 자라나 있는 게 눈에 띈다.

"지금 우리들이 어디에 있고 어떤 루트로 가야 돌아갈 수 있는지, 정보를 입수할 수 있다면 그게 제일이지만, 노자 문제도 있어서 말이지."

"부족한 거야?"

"최종적으로 노자가 얼마나 들지 짐작도 안 되거든.

물론 지금도 금화는 가지고 있고 이쪽에서도 환전해서 쓸 수 있을 것 같지만, 충분할지 어떨지는 의심스러워.

큰돈은 매직 아이템으로 바꾸어서 가지고 있는데… 그것을 환금하려고 해도 '이쪽'에는 마법사 협회도 없는 모양이고, 아무 가게에서나 팔면 가치를 이해하지 못해서 그냥 고물 취급이겠지.

그런 의미에서도 왕도에 가서 제값… 까지는 아니더라도 그럭저럭 괜찮은 가격에 매입해주는 곳을 찾아두고 싶어.

그리고 대략적인 귀환 경로에 관해서도 되도록 빨리 최대한 정확한 정보를 확보해둘 필요가 있고."

아주 간단히 생각하면 '저쪽'과 '이쪽'을 격리하는 멸망의 사막이 있는 곳이 에르메키아 남부니까, 여기서는 북쪽으로 가면 가까울 터이지만 똑바로 갈 수 있는 게 아니라 우회해야 하는 지형은 얼마든지 있다.

이 세계의 개략도를 표시한 편리한 지도라도 있으면 좋지만 그런 것이 있을 리도 없고, 만약 있다고 해도 그런 국가 기밀 수준의 물건을 일반인이 쉽게 구할 수 있을 리 없다.

…평화롭게 살고 있는 사람 중에는 어째서 지도가 국가 기밀인 거지? 라고 생각할 사람도 있겠지만, 이것의 유무가 큰 영향을 주는 경우는 많다.

가령 전쟁이 일어났을 경우.

어딘가의 나라가 옆 나라로 쳐들어가려고 한다고 하자.

그때 옆 나라의 가도와 마을, 산과 강 등을 자세히 표시한 지도가 있는 경우와 지리 정보가 아무것도 없는 경우, 어느 쪽이 더 공격하기 쉽고 어느 쪽이 섣불리 진군할 수 없는지는 굳이 말하지 않아도 알 것이다.

지형을 모른 채 대군으로 진격하다간 지형에 따라서는 함정에 빠질 수도 있고, 잘못하면 제대로 싸워보지도 못하고 엄청난 피해를 입을 수도 있다.

다시 말해 각국은 기본적으로 자국의 자세한 지도를 가지고 싶어하지만, 그것이 다른 나라로 유출되는 일은 극도로 경계하는 것이다.

당연히 여행자나 일반인이 쉽게 구할 수 있을 리 없다.

그 부분의 사정은 모르긴 몰라도 '저쪽'이든 '이쪽'이든 같을 것이다.

…물론 큰길이 어디로 이어져 있는지 정도는 행상인과 여행자들 사이에 어느 정도 알려져 있을 테니까,

'이쪽'에서도 왕도로 가면 그런 행상인들과 여행자들에게서 정보를 얻을 수 있지 않을까?

그렇게 이것저것 생각하며 걷고 있자니.

"…리나."

돌연 가우리가 이름을 불러왔다.

한순간 또 도적 같은 게 나다닌 건가 싶었지만 딱히 그런 낌새는 없었다.

가우리의 걷는 속도도 변하지 않은 상태.

그렇다면….

"왜?"

"괜찮아?"

"……."

갑자기 그렇게 물어왔다.

"뭐가?"

라고 묻자 가우리는 나를 바라보며.

"그러니까 괜찮냐고?"

다시 한번 물었다.

"…저기 말야, 가우리. 의미를 알 수 없잖아. 괜찮냐니 뭐가…."

말하려다가 입을 다물고….

…~~후우우우우우우~~….

나는 깊은 한숨을 내쉰 후 머리카락을 쓸어 올리며.

"…뭐, 가우리를 상대로 얼버무려봤자 소용없으려나…?"

중얼거리고 올려다본 하늘에는 흰 구름과 어딘가에서 본 적 있는 듯한 새.

"확실히 '이쪽'에 온 후로 우울하달까, 기분이 가라앉는 정도까지는 아니지만, 왠지 기분이 고양되지 않기는 해.

그런 것들이 조금씩 조금씩 쌓이고 있다는 느낌은 있어."

"향수병 같은 건가?"

단순한 가우리의 의견에 나는 쓰게 웃으며 손을 살랑살랑 젓고 나서 말한다.

"아니, 아무리 그래도 그건 아닐 거야.

아무튼 나는 가우리와 만나기 전에도 혼자 여행을 했고, 그 뒤로도 이곳저곳을 돌아다녔잖아.

새삼스레 돌아갈 수 없다고 해서….”

말하다 말고.

목이 메었다.

“…아….”

이건….

나는 머리를 벅벅 긁으며.

“아니, 역시 이건 가우리의 말대로 향수병일지도 모르겠어. …나답지 않지만.”

돌아갈 수 없다고 말한 순간, 뭐랄까, 감정이 복받친 걸 스스로도 분명히 느꼈다.

“아마 ‘안 돌아가는 것’과 ‘못 돌아가는 것’의 차이겠지.”

“무슨 소리야?”

“전에는…

마음만 먹으면 얼마든지 고향으로 돌아갈 수 있었지만 돌아가지 않고 여행을 계속한다는 선택을 할 수 있었어.

하지만 지금은 돌아갈 수 있을지 어떨지도 알 수 없고 당장 돌아갈 방법도 없잖아.

그 차이가 기분에 영향을 주고 있을 거야.

그러고 보니 그런 부분에서 가우리는 어때?”

전에 고향이 에르메키아 제국 어딘가라고 말한 것 같은데.

라고 묻자 그는 속편하게 웃으며,

"나는 그런 면에선 비교적 괜찮으려나?"

"그렇구나."

"아무튼 이것저것 잊어먹은 게 많아서 말야."

"잊어먹지 마아아아아!"

"아니, 농담이야, 농담."

"네가 그런 소리를 하면 전혀 농담으로 안 들려!"

가우리에게 크게 호통을 친 덕분인지, 기분이 종종 가라앉는 원인이 뭔지 분명해져서인지.

문득 정신을 차려보니.

마음은 조금 가벼워져 있었다.

하늘을 올려다보고 기지개를 켜본다.

"…뭐 생각해보니…

그동안 이것보다 말도 안 되게 힘든 싸움들도 했는데,

그것들에 비하면 길을 찾아 돌아가는 정도는 별것 아니라는 생각도 들긴 해."

"동감이야."

가우리는 부드러운 미소를 지었다.

…완선히 기분이 성리된 것은 아니다. 어쩌면 앞으로도 실의에 빠지게 될지 모른다.

하지만 혼자가 아니라면 분명 어떻게든 될 것이다.

그런 묘한 확신이 어느 틈엔가 가슴속에 싹트고 있었다.

낯선 새소리를 들으며 메모에 적힌 지시에 따라 길을 가다 보니 길 왼쪽에 자라난 나무들의 밀도가 점점 낮아져갔다. 그러다 얼마 후 나무들 틈새로 엿보인 것은 반짝반짝 반사되는 햇빛.

수풀 냄새에 물 냄새가 섞였다.

숲이 끊긴 부근에서 나와 가우리 두 사람은 동시에 발을 멈추었다.

눈앞에 펼쳐진 것은 푸른색.

“…호수?”

가우리가 중얼거렸다.

“강일지도.”

나도 말했다.

물결이 거의 없고 물의 투명도도 별로 높지 않아서 주위 경치는 수면에 잘 반사되고 있었다.

주위를 돌아보니 건너편 기슭은 물 너머로 희미하게 보였다. 거리로 보아 강이 되었든 호수가 되었든 상당한 크기다.

“…그렇다는 건….”

시선을 물가를 따라 쭉 돌려보니 길 저편에 작은 건물이 눈에 띄었다.

가우리도 같은 방향을 바라보면서.

“저게 뭐시기 승강장인 건가?”

“그런 것 같네.”

누가 먼저랄 것 없이 다시 걷기 시작하며.

“역시 선착장을 말한 모양인데?”

물가를 따라 난 길을 걸으면서 자세히 보니 언뜻 평온해 보였던 수면은 꽤 느릿하게 흐르고 있었다. 아무래도 상당히 큰 강인 듯하다.

다가감에 따라 선착장의 모습도 점점 뚜렷하게 보이기 시작했다.

건물은 조금 큰 오두막 정도의 크기이고, 잔교에는 열 명 이상이 거뜬히 탈 수 있을 것 같은 배가 정박해 있다.

지붕 같은 것은 없고 긴 판자를 옆으로 걸쳐놓았을 뿐인 좌석이 몇 줄 있는데, 이미 손님이 몇 명 탑승해 있다. 배 위에는 뱃사공으로 보이는 사람의 모습도… 음? 혹시 곧 출발하는 건가?!

“가우리! 서두르자!”

“응! …이봐~! 기다려줘~!”

가우리의 큰 외침 소리와 함께 허둥지둥 달려가는 우리들.

목소리가 무사히 전해졌는지 뱃사공은 이쪽을 향해 크게 손을 흔들어 보이고 도착을 기다려주었다.

숨을 헐떡이며 도착해서….

“…이거… 파르밧소스 쪽으로 가는 배인가요…?”

라고 묻자 초로의 벳사공은 씨익 웃으며.

“그래! 대금은 선불일세!”

“알았어요.”

숨을 고르며 요구받은 뱃삯을 치른다.

잔교를 통해 배에 탔는데 생각했던 것보다는 흔들리지 않았다. 배가 어느 정도 큰 덕분이겠지.

큰 짐을 짊어진 행상인으로 보이는 손님과 평범한 여행자 외에도 소쿠리 상자에 들어 있는 닭 같은 게 보이는데.

승객뿐 아니라 여러 가지 짐들도 운반하고 있는 건가.

뱃사공은 나와 가우리가 자리에 앉은 걸 확인하고 나서.

"…버스선이 출발한다!"

출발 신호인지 쩌렁쩌렁한 목소리로 소리친 후 끝부분에 깃털이 달린 긴 막대기로 배 앞쪽의 조용한 수면을 찰싹찰싹 때렸다.

그러자.

스윽.

파문이 일고 있는 수면에 그림자가 떠올랐다.

순식간에 뚜렷한 검정색을 띠면서 점점 위로 부상하는 그림자.

틀림없이 사람보다 크다. 어쩌면 몸 길이가 오거 정도는 될지도.

그것은 두 마리의….

"물고기?!"

"이런이런, 일어서면 위험하잖나."

무심코 소리치고 몸을 일으킨 나를 뱃사공이 나무랐다.

"꽤 놀란 것 같은데… 버스(주1)를 보는 건 처음인가?"

"…아… 혹시 버스라는 건… 이 배를 말하는 게 아니라…."

"물고기라네. …아무튼 출발하도록 하지. 이야기는 나중에 하

주1) 본문에서는 버스라 표기했지만 일본어로 배스(bass)와 버스(bus)는 모두 동일하게 표기한다.

고 말야."

뱃사공이 깃털 달린 막대기로 다시 찰싹찰싹 수면을 치자 배 앞에 늘어선 두 개의 그림자가 느릿느릿 움직이기 시작했다.

동시에 검은 그림자와 연결된 밧줄이 수면 위로 떠올라 이내 팽팽해졌고….

두 마리의 물고기에 끌려 천천히 배가 움직이기 시작했다.

"이 녀석들은 자이언트 버스라고 하는데 물고기인데도 꽤 머리가 좋다네."

무슨 까닭인지 자랑스러운 표정으로 설명하는 뱃사공.

닭이 들어 있는 소쿠리 상자를 눈짓으로 가리키고.

"배를 끌어준 답례로 먹이만 잘 챙겨주면 얌전하고 말야. 인간의 말도 알아듣지 않으려나?"

"혹시 그 닭이 물고기 밥인가요?!"

"그래. 이 정도라면 한입이지."

다시 자랑스러운 표정으로 말한다.

…말할 것도 없는 이야기지만….

나와 가우리가 원래 있던 '저쪽'에는 이런 물고기가 없었다. 하물며 마차를 끄는 말처럼 지시에 따라 배를 끄는 일 따위는….

하지만 잘 생각해보니 '저쪽'에는 손과 발이 달리고 지능이 높은데다 말까지 하는 물고기 인간이 있었다. '이쪽'에 물고기 인간이 있는지 어떤지는 알 수 없지만 크고 똑똑한 물고기가 있는 게 이상하지는… 않을지도 모른다.

처음에는 천천히 나아가던 배가 이윽고 조금씩 속도를 높이기 시작했을 무렵.

“…기다려요~! 기다려~! 기다려어어어어!”

목소리가 들려왔다.

눈길을 돌려보니 나와 가우리가 왔던 방향에서 배를 향해 달려오는 사람 그림자 하나.

“기다려 기다려 기다려 기다려 기다려 기다려 기다려!”

목소리는 점점 가까이 다가왔다.

아무래도 상대는 여자아이. 엄청난 속도로 달려오고 있지만 배는 이미 잔교를 떠난 상태.

그래도 여자아이는 단념하지 않고… 아니, 오히려 가속하더니….

“야입!”

이상한 기합 소리와 함께 강가에서 배를 향해 크게 도약!

물론 그것으로 도달할 리는 만무했지만.

강가와 배 사이에 퐁당 빠지…

지 않았다.

공중에서 부자연스럽게 점프의 궤도가 늘어나더니 그대로 똑바로 이쪽 배에….

탕!

간신히 착지… 아니, 승선했다.

그 충격으로 배는 크게 흔들렸고 승객들도 놀라 비명을 질렀다.

"…이거 봐, 아가씨!"

그 사태에 흥분하는 뱃사공.

"뛰어서 타면 안 돼! 위험하기도 하고 물고기들이 놀라잖아!"

"에헤헤, 미안해요."

반성의 기미가 전혀 없는 가벼운 사죄.

나이는 나보다 조금 어린 정도일까? 등까지 내려온 금색 고수머리에 갈색 피부.

키와 가슴 크기는… 칫, 뭐 그건 일단 접어두고.

복장은 마치 집 근처에 산책이라도 나온 듯한, 좋게 말하면 가벼운 차림이고 나쁘게 말하면 여행을 얕보는 듯한 차림이다. 짐도 짊어진 작은 배낭과, 무슨 의미가 있는지 알 수 없지만 나무 막대기 하나.

인상으로만 말하자면, 뭐랄까, 어디에서나 볼 수 있는 마을 처녀가 부모와 싸우고 홧김에 가출한 듯한 모습이다.

"…그보다 아가씨, 뱃삯이 있긴 한 건가?"

"아, 여기요."

그래도 여행 준비는 하고 왔는지 고분고분 뱃삯을 치른다.

"…이제 그런 짓은 하면 안 돼."

"헤헤~. 죄송해요. …아, 다른 분들께도 죄송합니다~."

주의를 받자 뱃사공과 승객들에게 꾸벅꾸벅 고개를 숙이면서 자리에 앉는다.

배는 물고기들에 이끌려 속도를 점점 높여가며 상류 쪽으로 미끄러져 나아갔다.

어느 정도 배가 안정되자 나는 자리에서 일어나 그녀 옆으로 자리를 옮겼다. 그러자 가우리도 무언가를 느꼈는지 함께 따라온다.

"저기."

"네♪"

내가 말을 걸자 그녀는 갈색 눈동자를 이쪽으로 돌리고.

"야호~ 예요. 아까는 소란스럽게 했네요."

나도 싹싹하게 미소 지으며 말한다.

"리나야. 옆에 있는 녀석은 길동무인 가우리."

"란이라 불러줘요♪"

내가 손을 내밀자 그녀, 란도 손을 뻗어 악수. 쥔 손이 솜털처럼 부드러워서 조금 놀랐다.

"실은 묻고 싶은 게 좀 있는데…."

나는 친근한 미소를 띤 채.

"아까 배에 탔을 때 바람 마법을 썼지?"

점프의 궤도가 도중에 바뀌는 일은 보통이라면 있을 수 없다. 그러니 마법을 썼다고밖에 생각할 수 없다.

하지만 마법사 협회가 존재하지 않고 미술 자체가 별로 일반적이지 않아 보이는 '이쪽'에서 바람 마법을 쓰는 그녀는 대체 정체가 무엇일까…?

섣불리 떠보거나 하지 않고 직설적으로 물어봐서 일단 상대의 반응을 보기로 한 것인데.

그에 대해 그녀는….

"굉장하죠~? 옛날에 엘프한테서 배웠어요."

오히려 자랑을 했다.

…비밀 같은 게 아닌 건가… 음?!

"…뭐?! 그럼 이쪽에도 엘프가 있는 거야?!"

"있어요~. 별로 많지는 않지만~."

…이건… 어쩌면 꽤 큰 단서가 될 수도 있으려나?!

엘프족은 '저쪽'에도 있었는데, 인간보다 수명이 길고 마법에도 능한 종족이다.

그런 그들에게서 만약 이야기를 들을 수 있다면 귀환에 있어서 큰 단서가 될 것이다.

그렇기는 하지만….

여기서 갑자기 꼬치꼬치 캐물으면 언뜻 천연덕스러워 보이는 그녀도 경계할지 모른다.

나는 캐묻고 싶은 기분을 꾹 참고.

"그래? 나도 지인 중에 엘프가 있는데."

그렇게 란과 장단을 맞추어보았다.

"정말~? 굉장해! 이런 우연이 다 있네! 어떤 엘프였어요?"

"몇 명 정도 알고 있는데 한 명은 식당에서 양배추밖에 주문하지 않았고, 다른 한 명은 굉장히 낯을 가리는 성격이었어…."

내 설명에 란은 고개를 갸웃하더니 작게.

"…뒷담화인가요?"

"아니, 정말로 그런 엘프들과 만났었다고! 물론 엘프가 모두 그런 녀석들뿐인 건 아니겠지만…."

그때….

"이봐! 뱃사공! 뒤를 봐!"

우리들의 대화를 끊고 울려 퍼진 것은 승객 중 한 사람의 목소리였다.

그 목소리에 돌아본 일동의 시선이 향한 곳에는 물결치고 있는 강.

하지만 문제는… 그 물결이 하류에서 상류로… 아니, 이 배를 쫓아오고 있다는 것이었다.

"뭐야?! 저게?!"

무심코 소리친 내 목소리에….

"말도 안 돼! 록카 가오리라니!"

뱃사공이 소리쳐서 대답했다.

"그게 뭐지?"

라고 묻는 가우리에게 뱃사공은 일별도 주지 않고.

"버스를 잡아먹는 거대한 물고기일세! 빌어먹을! 어째서 이런 곳에?!"

버스를 잡아먹는다고?! 사람보다 큰 그 물고기를?!

그렇다고 하면 크기는 물어보지 않아도 알 수 있다. 그런 녀석이 공격한다면 이 배도…. 그보다 그 녀석, 인간을 잡아먹거나 하지 않나?!

뱃사공은 허둥지둥 막대기를 조작해서 물고기들을 재촉했다. 그에 호응해서인지, 아니면 몸에 닥친 위기를 느껴선지 물고기들과 배의 속도가 빨라지기 시작했다.

하지만 뒤를 돌아보니 강을 거슬러 오르는 물결은 조금씩 이쪽과의 거리를 좁히고 있었다.

자세히 보니 물결 밑에는 납작한 무언가의 그림자! 모습은 뚜렷하게 보이지 않지만 크기로 보아 확실히 자이언트 버스 두세 마리를 한 번에 삼켜버릴 수 있을 것 같기는 하다.

혹시 서펜트 같은 것인가?

아무튼 이대로 가다간 배도 함께 당하고 만다.

하지만… 어떻게 하지?!

이게 지상이라면 '가우리, 너한테 맡길게'로 끝낼 수 있지만, 상대는 물속에 있기에 검으로 어떻게 하는 건 무리다.

전격계 마법을 쏘면 이쪽 자이언트 버스에까지 영향이 미칠 것이고, 무차별 광범위 공격 주문을 날리면 설령 직격을 피하더라도 놀라 도망치기는 하겠지만 충격으로 일어난 물보라 때문에 이쪽 배가 뒤집힐 수 있다.

그렇다면… 이건 어떨까?

나는 배 뒤쪽으로 몸을 돌리고 쫓아오는 물결 밑에 잠복한 검은 그림자를 향해 주문을 외웠다.

…대지 밑바닥에 잠들어 있는 얼어붙은 혼을 가진 패왕….

그 순간.

나는 수면 밑에 있는 그것과 확실히 눈이 마주친… 느낌이 들었다.

대개의 공격 마법이라면 물이 방해가 되는 경우가 대부분이다.

하지만 고위 마족의 힘을 빌린 마법이라면?

존재하는 것은 생명과 정신과 마력뿐. 지상이냐 수중이냐는 관계없다.

그런 생각이 순간적으로 뇌리를 스쳤고….

이윽고 주문이 완성되었다!

"다이나스트 브레스!"

고위 마족 다섯 명의 심복 중 한 명, 다이나스트(패왕)의 힘을 빌린 마법!

〈힘 있는 말〉을 해방함과 동시에 물속에 있는 그것의 머리가 빙결하며 파쇄되었다!

물속에서 터진 파편은 폭발이라고도 할 수 없는 규모로 수면을 약간 부풀어 오르게 했고, 마력의 얼음에 덮여 있지 않은 그것의 몸은 아직 꿈틀거리며 수면 위로 불쑥 떠올랐다.

이미 목숨을 잃은 몸체는 곧 움직이는 것을 멈추고 느릿한 강의 물살과 함께 뒤로, 뒤로 멀어져갔다….

…오오오오오오오오오오오오?!

그제야 배에 있는 모두가 소리치기 시작했다.

"굉장해!" "말도 안 돼?!" "방금 그거 어떻게 한 거야?!" "그렇게 거대한 녀석을 한 방에?!"

…이렇게 대놓고 칭찬받으니 조금 쑥스럽긴 하다.

"굉장하군, 아가씨! 혹시 방금 그게 마술이라는 건가?!"

뱃사공까지 칭찬했기에.

"음, 뭐 그렇죠."

체념하고 대답했다.

"혹시 아가씨는 그 뭐냐, 궁정 마술사 같은 거였나?!"

"아뇨, 그런 건 아니지만…."

"아무튼 덕분에 살았네! 록카 가오리 자체도 그리 자주 출몰하는 녀석은 아니지만 방금 녀석은 이 강의 대장 같았으니 말야. 마주치면 물고기든 배든 포기해야 되고, 목숨만 건져도 다행이라고 생각해야 하는 녀석이었지.

내 지인 중에도 배와 물고기를 모두 잃어버린 녀석이 몇 명 있다네…. 그런 녀석을…,

정말… 고맙구먼…."

말하고 나서 빙글 이쪽에 등을 돌린다.

그렇게 대단한 상대였나…? 머리가 날아간 모습밖에 보지 않은 탓에 결국 끝까지 어떤 물고기였는지 잘 모른 채 끝나버렸는데.

문득 정신을 차려보니 어느 틈엔가 란이 가까이까지 와서 반짝거리는 눈으로 이쪽을 바라보며.

"…리나 농, 굉장해!"

"농?!"

"아, 미안해~. '농'이라는 것은 우리 지역 방언이야."

"방언이라고?!"

무슨 실패한 어미 같은 건 줄 알았는데!

"응. 이쪽에서는… '리나 님' 정도의 뜻일지도."

"의외로 정중한 호칭이었네?!"

"…그냥 '님'이라 부르는 게 좋을까?"

고개를 갸웃하며 란이 물었다.

…'농'과 '님'… 어느 쪽도 싫은데….

"그냥 리나라고 불러."

"아니, 그럴 순 없어. 그럼 리나 농으로 부를게."

"으음, 그러면 그렇게 하든지."

아무리 그래도 '님'을 붙여서 불러오는 것에는 거부감이 있으니, 그나마 이쪽이 나을 것이다. 이것저것 체념하고 고개를 끄덕이는 나.

…뭐… 생각해보면 언어는 변화하는 것이니까 지금 우리들의 감각으로 좀 이상하다 싶은 말이 정착되어 버린 지방이 있다 해도 이상하지는 않다. 이상하지는 않지만….

란은 한 손으로 자신의 등을 벅벅 긁으면서.

"이야~. 고향과 이쪽은 말이 안 통하지는 않지만, 뭐랄까, 센스? 같은 게 좀 달라서 말야. 웃는 방식까지 다른 걸 보고 처음엔 깜짝 놀랐어~."

"웃는 방식까지 다른 거야?"

“응. 고향에서는 ‘아하하’ 하고 웃는 일이 없어. 보통은 ‘에헤헤~’라든지로 웃고 동화에 나오는 마왕 등은 ‘테히히~’라고 웃지.”

“마왕의 위엄은?!”

오히려 귀엽잖아! 그거!

언어는 변하는 법이지만 그렇다고 해도 좀 더 어떻게 안 되었나? 최소한 ‘크크크’라든지 ‘푸하하’ 정도로 말이지.

“아, 하지만 ‘테히히~’라고 웃으면 우리들은 그걸 좀 ‘나빠 보인다~’고 생각해.”

“…그렇구나….”

…만약….

노스트가 나와 가우리를 날려 버린 장소가 란의 고향 부근이었다면… 생각만 해도 정신적으로 피곤해진다.

새삼… 언어라는 게 중요하다는 걸 느끼네….

“그나저나….”

그렇게 생각하고 있을 때 란이 말했다.

“리나 농과 가우 료스는…”

““료스?!””

입을 모아 소리치는 나와 가우리.

“아, ‘료스’라는 건….”

“됐어. 그냥 넘겨.”

“…료스….”

흘려 넘기는 나. 미간을 좁히며 중얼거리는 가우리.

"아무튼 리나 농과 가우 료스는 어디로 갈 생각이야?"

"아…, 응. 일단 왕도 파르밧소스까지 가려고 생각 중이야. 이것저것 조사해볼 게 있어서."

"음… 저기, 저기, 그럼 나도 같이 가도 돼?"

가벼운 말투로 란이 말했다.

"이쪽은 뭐 상관없지만… 그쪽은 괜찮은 거야? 여행 목적이라든지…."

"전무해!"

"그래…. 전무한 거냐…."

뭐랄까, 단어의 선택이라든지 습관이 사투리 같은 거라는 걸 안 지금조차 이 녀석, 괜찮은 건가 하는 느낌이 장난 아니게 들고 있다.

나와 가우리와 마찬가지로 지리에 대한 지식이 없어 보이는 란이 더해져봤자 아무런 도움도 안 될 것 같다는 생각이 들지만… 아까 그녀가 말한 엘프 이야기는 좀 더 자세히 듣고 싶기도 하고, 굳이 따로 행동해야 할 이유가 없기도 하다.

"그럼 일단 파르밧소스까지는 함께 가기로 해. 그 뒤로는 상황을 봐서 결정하기루 하고."

"오케이야요!"

란은 기세 좋게 왼손을 들었다가….

조금 얼굴을 붉히고 천천히 내리면서.

“…미안…. 혀가 좀 꼬였어. 오케이예요 하고 말하려고 한 건데….”

“알기 힘들잖아!”

그런 그녀에게 나는 아주 냉정하고 침착하게 지적을 했다.

란의 동행은 나쁘지 않다… 고 할까, 오히려 고마웠다.

내가 그것을 실감한 것은 바로 그날 밤 일이었다.

버스선을 타고 나서 대략 한나절쯤 지났을까.

해가 서쪽으로 꽤 많이 기울었을 무렵, 도착한 곳은 선착장이 있는 여관 마을이었다.

지리에 대한 지식이 없기에 실감은 별로 안 났지만 뱃사공에게서 들은 이야기에 따르면 탑승한 곳에서 이 마을까지 육로로 가면 크게 우회해야 하기 때문에 2~3일은 걸린다고 한다.

그렇다고 하면 상당히 단축한 셈이다.

나, 가우리, 란은 같은 여관을 잡고 저녁도 함께 먹기로 했는데….

거기서 나는 문득 깨달았다.

벽에 붙어 있는 메뉴판을 전혀 읽지 못한다는 것을.

생각해보면 당연한 일이었다. 애당초 글자가 달랐으니까.

인상이 비슷한 글자는 물론 있기에 억지로 읽으려고 하면 못 읽을 것도 없지만, 읽는 것과 읽는 법이 맞는지 어떤지는 다른 문제이다.

실제로 메뉴판 가장 위에 있는, 오늘의 추천 메뉴인 듯한 것을 시험 삼아 억지로 읽어보니 '고기새루한테'였는데 의미를 전혀 알 수 없었다.

거기서 란이 활약할 차례가 된 것이다!

"저기 말야, 란."

벽에 있는 메뉴판을 바라보고 있는 그녀에게 나는 물었다.

"왜? 리나 놓?"

"메뉴판 가장 위에 있는 거 읽을 수 있어?"

묻자 그녀는 메뉴판을 보고.

"응. 읽을 수 있어~."

…….

…….

"아, 소리를 내서 읽어보라는 의미야."

"응. '고기새루한테'."

맞았잖아?!

하지만 역시 의미는 알 수 없다!

"저기, 그게 뭐야?"

"음, '고기'라는 새가 있는데, 그게 꽤 맛있어. 루한테라는 것은 요리의 한 종류루, 반죽한 밀가루를 얇게 펴서 뜨거운 물에 데친 후 거기에 고명과 소스를 얹어 둘둘 말아 튀긴 음식이야~.

겉은 바삭하고 속은 촉촉해~.

그리고 그 고명이 고기 새니까 요리 이름이 '고기 새 루한테'."

"그렇군…."

그런 식으로 쭉 란에게 메뉴의 낭독과 해설을 부탁했다.

다행이다. 정말 란이 있어주어서 다행이다.

그렇지 않았다면 위에서 몇 번째 것과 몇 번째 것… 같은 식으로 적당히 주문해야만 했을 것이다.

그러다 운이 나쁘면 식탁 위에 비슷한 요리만 죽 나열되는 일이 벌어질 수도 있는 것이다.

그리고 란이 읽어준 덕분에 글자를 읽는 법도 다소 알아낼 수 있었다.

…뭐 장소가 장소인 만큼 배울 수 있었던 것은 요리 용어뿐이었지만.

아무튼 음료수를 포함해서 몇 가지 음식을 주문했는데….

"…그나저나 리나 놈…."

요리를 기다리는 동안 란이 고개를 갸웃하며 물어왔다.

"글자를 못 읽는 거야?"

…욱….

한순간 나는 말문이 막혔다.

아니, 뭐, 못 읽는 게 사실이긴 하지만 불가항력이라고 할까, 못 읽는다고 말하는 게 왠지 자존심 상한다고 할까.

아무튼 여기선 우리들이 이 지역에 익숙하지 않다는 것을 이야기해두는 게 좋을 것 같다. 늦든 빠르든 알게 될 사실이기도 하고.

하지만….

천 년 전에 마족이 친 결계 안에서 살고 있었는데, 고위 마족들을 닥치는 대로 해치우다 보니 마족들의 미움을 샀고, 그러다 고위 마족 한 명의 심술로 이쪽으로 날아온 거라고 사실 그대로 꾸밈없이 이야기하면 무슨 까닭인지 거짓말로밖에 들리지 않는다.

"사실 나와 가우리는 여기서 꽤 먼 곳에서 왔거든."

단어를 신중히 선택해가며 나는 말했다.

"사고에 좀 휘말려서 말야…."

"사고?! 배가 침몰했다든지?!"

"음… 뭐 그런 느낌이려나…?"

긍정도 부정도 하지 않고 말꼬리를 흐린 후.

"아무튼 여기서 꽤 멀리 떨어진 곳이라 글자 형태까지 다를 정도야. 그래서 글자라든지 이것저것 가르쳐주면 고맙겠어."

"그 정도는 쉽지!"

에헴! 하고 그녀는 가슴을 폈다.

"고마워.

아무튼 그래서 돌아갈 수 있는 길을 찾고 있는데…

란은 이 부근 지리에 대해 잘 알아?"

"음…."

라고 묻자 그녀는 작게 신음하고.

"나도 고향을 떠나 정처 없는 여행을 하고 있어서 이 부근에 대해선 좀…."

"헤에, 란의 고향은 어떤 곳이었는데?"

"숲이 풍성해…."

"음, 좋은 곳이었네."

"자연 이외엔 전무했어…."

"음. 힘든 곳이었네."

그러고 보니 점프를 증폭했던 바람 마법도 엘프에게서 배웠다고 했는데, 확실히 엘프도 숲이 많은 곳을 좋아하긴 한다.

"너한테 마법을 가르쳐주었다는 엘프도 근처에 살고 있어?"

"옛날에는 살고 있었는데~ 10년 전쯤 어딘가로 훌쩍 가 버렸어~."

"…그렇구나."

란의 연줄로 엘프와 연락을 취해보려던 나의 계획은 아무래도 수포로 돌아간 것 같다.

그런 식으로 이야기를 하고 있자니.

"오래 기다리셨습니다~♪"

주문한 요리들을 점원이 가져와서 시끌벅적하달까, 조금 시끄러운 저녁 식사가 시작되었다….

그곳에서 육로로 사흘간 이동한 후.

나, 가우리, 란 세 사람은 큰 벽과 문 앞에 서 있었다.

…루지르테 왕국의 왕도 파르밧소스.

일찍이 이곳은… 이라며 설명을 곁들이고 싶지만 유감스럽게도 유래와 역사를 전혀 모른다.

아무튼 천 년이나 '이쪽'과 단절되어 있었으니, 알 수 있는 방법이 있을 리 없었다.

오는 도중 여러 사람에게 파르밧소스가 어떤 곳이냐고 물어보긴 했지만 돌아온 것은 큰 마을이라느니 으리으리한 왕성이 있다느니 하는, 왕도니까 당연히 그렇겠지 하는 것들뿐이었고.

마을의 대략적인 역사라든지 이름의 유래 등을 이야기해주는 사람은 없었다.

…뭐… 보통 사람은 별로 그런 데에 흥미가 없을지도 모르지만….

"엄청 크네~."

올려다보며 감탄의 목소리를 내는 란.

나는 '저쪽'에서도 성채 도시를 방문한 적이 몇 번 있는데 그것들과 비교해봐도 별로 꿀리지 않을 규모로 보인다.

아무튼 문이 있는 곳으로 가서 마을로 들어가는 절차를 밟았다. 절차라고 해봤자 사실상 통행세의 징수지만.

여하튼 그렇게 문을 통과하니 펼쳐지는 거리 풍경.

다른 나라의 공격에 대비한 것인지 길과 건물이 일직선상으로 배치되어 있지 않아서 조망 면에서는 별로 좋지 않았지만.

조금 떨어진 중심부에서는 마을을 둘러싸고 있는 것보다 높은 벽과 우뚝 솟은 왕성의 첨탑이 눈에 띄었다.

"…그나저나…."

번화가인 듯한 길을 걸으면서 나는 란에게 물었다.

"일단 도착했는데 란은 이제부터 어떻게 할 거야? 우리들은 전에 말했다시피 이것저것 조사를 해볼 생각인데."

나로선 좀 더 이쪽 글자 등을 가르쳐주었으면 싶지만 너무 무리한 요구는 할 수 없다.

"음…."

란은 고개를 크게 기울이고 잠시 생각하다가.

"나도 딱히 목적이 있는 여행은 아니고, 리나 농 일행은 맛있는 가게를 찾는 데 능하니까 좀 더 여행을 함께 하는 것도 괜찮겠다 생각하고 있긴 한데,

리나 농 일행의 조사에 도움이 될 수 있을지 어떨지는 알 수 없어서 말야….

아, 그럼 일단 여관만 같은 곳을 잡는 건 어때? 따로따로 행동하다가 필요할 때에만 합류하는 거야."

"나로서도 그래주면 고맙지."

나는 말했다.

"그럼 그렇게 하자♪

그런데 리나 농, 조사는 어떤 식으로 할 거야?"

"음… 글쎄…?"

…여기까지 오면서도 사람들을 만날 때마다 여러 나라들과 가도에 대해 물어보긴 했었다.

만약 그중에 '왕래할 수 없는 커다란 사막이 북부에 있는 나라'에 대한 이야기가 있다면 그곳이 틀림없을 거라 생각했는데….

소문은 있었다.

하지만 사람에 따라서 이야기가 제각각이라 잘못된 정보가 섞여 있는 게 명백했다.

다만 덕분에 알게 된 것도 있었다.

만약 이웃 나라가 그 조건에 해당한다면, 옆 나라가 그렇다는 대답이 높은 확률로 돌아왔을 터.

그게 없다는 건 적어도 해당하는 나라가 이 근처에 없다는 말이 된다.

가능하면 비교적 정보가 모이기 쉬운 이 마을에서 어느 정도 확실한 이야기를 듣고 싶은데….

교회, 궁정 마술사들, 도서관….

찾아보고 싶은 곳은 많지만 갑자기 찾아가봤자 문전박대나 당할 게 뻔하다.

그렇다면….

"전에 어느 마을의 병사장이 이곳 경비대에 지인이 있다며 소개장을 써주었어.

일단 그쪽부터 찾아가볼까 해."

라고 말하면서 나는 품속의 소개장을 꺼내 살펴보았다.

거친 양피지 두루마리에 촛농으로 봉인이 되어 있고, 브론코 씨의 이름과 함께 눈에 띄는 곳에 '파르밧소스 제4경비대 모건 대장'이라고 쓰여 있었다….

"…용건은 알았다."

첫 한마디로 반응은 대충 알 수 있다.

기대하기 힘들겠군….

마을 사람들에게 물어보니 제4경비대가 있는 곳은 비교적 금방 알 수 있었다.

소개장을 건네고 이야기를 하고 싶다고 하니 경비대 대기소의 살풍경한 작은 방으로 안내를 받았다. 손님용 응접실이 아니라 심문실로밖에 생각되지 않지만 지금은 배부른 소리나 할 수 있는 입장이 아니다.

자리에 앉아 얼마나 기다렸을까.

이윽고 나타난 금발의 잘생긴 중년 남자는 자신을 모건이라 밝혔고, 그래서 이쪽도 일단 자기소개를 하긴 했는데….

상대가 자리에 앉아 처음 한 말이 그것이었다.

원하는 것은 알았지만 그것을 받아들일지 어떨지는 다른 문제라는… 그런 뉘앙스가 흘러나오고 있었다.

"브론코와는 전에 인연이 있어서 완전히 모르는 사이도 아니지만…."

손에 든 소개장을 힐끔 보고.

"'리나 님은 아무튼 굉장한 마법사니까 편의를 봐주도록 해. 그리고 이런 굉장한 인재를 발견해낸 나의 승진도 좀 고려해주고…'라고 쓰여 있는데…."

브론코 씨이이이이이이?!

얼렁뚱땅 자신의 출세도 청탁한 거야?!

…뭐… 자기 어필을 일절 하지 말라고 할 생각은 없지만….

모건 씨는 내 눈을 똑바로 들여다보며.

"편의라고 했는데 구체적으로는 무엇을 바라는 거지?"

"정보요."

나는 즉답했다.

"저와… 여기 있는 가우리는 멀리 떨어진 제피리아라는 나라에서 배를 탔다가 난파당해서 이곳까지 왔어요."

"뭣?! 그랬었어?!"

내 말에 놀라 소리치는 가우리…. 야, 너!

그런 식으로 입을 맞추자고 사전에 협의했잖아?!

질책하고 싶은 대목이지만 모건 씨 앞에서 그럴 수도 없는 노릇.

"'그랬었어?!'… 라는 건 무슨 뜻이지?"

의아하다는 표정으로 묻는 그에게 나는 침통한 표정으로.

"사실 그는… 사고의 충격으로 기억이… 희미해져서…."

"희미해지기도 하나?! 기억을 잃거나 하는 게 아니라?!"

그의 물음에 나는 태연하게.

"의사 선생님은 그렇게 말씀하시더군요."

"그렇군… 의사가…. 음… 그건…

그렇다면 이쪽에서 집과 직장을 찾고 있다는 말인가?"

"아뇨…. 돌아갈 길을."

나는 말했다.

"돌아갈 수 있는 가도와 항로는 현재 없을 거예요. 그래도 돌아가기 위한 방법을 계속 찾고 있습니다.

그래서 북쪽에 있는 나라 중에서 북부에 큰 사막과 접한 나라는 없는지… 그 정보를 찾고 있지요."

"흐음… 북부에 사막이 있는 나라라…."

모건 씨는 잠시 생각하다가.

"나는 짚이는 게 없지만 학자나 문관 중에는 알고 있는 사람이 있을지도 모르겠군.

하지만…

너희들에게 그렇게까지 편의를 제공할 필요가 있는지 어떤지는 생각을 좀 해봐야 할 것 같아.

소개장에는 엄청난 화염 술법으로 도적단을 일소했다고 과장되게 쓰여 있는데…

우리나라에 출몰하는 도적단 퇴치에 도움을 주었다면 그것은 감사해야 할 일이지만 학자와 문관의 지식을 빌릴 수 있을 만한 공적이냐고 하면 조금 부족한 것도 사실이야.

그래서 말인데,

너희들의 힘을 시험해볼 겸 우리들 일을 좀 도와주는 건 어때?

사실 우리들은 며칠 후에 어떤 토벌 임무를 앞두고 있는데,

은창기사단과의 합동 작전이지만 일손이 부족해서 우리 경비대에까지 참가 요청이 들어왔거든.

네가 이 소개장에 쓰여 있는 대로 엄청난 실력의 소유자라면 충분히 활약할 부분은 있을 거라 생각하는데."

"…다른 나라와 하는 전쟁이라면 사양하겠어요. 국가 간의 이해관계 때문에 이 나라에서 나갈 수 없어지니까."

"그 점은 안심해도 돼. 상대는 인간이 아니니까."

모건 씨는 작게 미소를 띠더니.

"북쪽 마왕…. 우리들은 그렇게 부르고 있지."

…….

"네에에에에에에에?!"

내가 지른 큰 소리가 작은 방에 울려 퍼졌다….

…뭐 아무튼 그리하여.

북쪽 마왕을 쓰러뜨린 셈인데.

"아닛…?!" "이럴 수가?!" "뭣…?!"

뒤에서 놀라 소리친 것은 모건 씨와 은창기사단인지에 속한 높은 분, 그리고 기타 다른 여러분들.

그 부분의 리액션은 일단 흘려 넘기고, 내가 근처를 조사하는 동안 가우리는 주위를 빈틈없이 경계해주고 있다.

왕도 파르밧소스에서 약 이틀 거리. 숲속에 있는 무너진 요새.

북쪽 마왕의 본거지가 있던 곳은 그런 장소였다.

당연한 말이지만….

희미해
지기도
하나
?!
정말이야
?!
의사
선생님은
그렇게
말씀
하시더
군요.

모건 씨가 '북쪽 마왕'이라고 부르던 것과 우리들이 알고 있던 '북쪽 마왕'은 다른 존재였다.

…처음 모건 씨의 입에서 그 이름을 들었을 때에는 나 역시 깜짝 놀랐지만, 곧 오해라는 것을 깨달았다.

나 같은 '저쪽' 사람이 말하는 북쪽 마왕은, 천 년 전 강마전쟁 때 아쿠아 로드(수룡왕)를 쓰러뜨리고 그 자신도 카타트 산맥의 얼음 속에 봉인된 마왕 샤브라니구두의 부활한 조각 하나를 말한다.

하지만.

그 강마전쟁 전, 혹은 도중에 '저쪽'과 결계로 격리된 '이쪽' 사람들이 강마전쟁의 결과로 태어난 '북쪽 마왕'의 존재를 알고 있을 리 없었다.

그렇다면.

모건 씨가 '북쪽 마왕'이라 부르고 있는 것은 단순히 왕도 북쪽에 있는 마법을 쓰는 무언가겠지 하고 추측한 것이다.

결과부터 말하자면….

"…아마 어딘가의 마법사가 소환 의식에 실패해서 정기적으로 이것저것 소환되고 있었던 모양이네."

요새 안에 있는 커다란 방의 바닥에 그려진 마법진을 조사한 후 나는 말했다.

그려진 진의 술식이 명백히 잘못되어 있어서, 주위에서 조금씩 마력을 모으다 그것이 일정량이 되면 소환진이 작동되도록 되어 있었던 것이다.

그리고 방 한구석에는 술자로 보이는 로브 차림의 해골도 뒹굴고 있었다.

무언가의 사고로 목숨을 잃었거나… 어쩌면 소환한 상대를 제어하지 못하고 살해되었을지도.

그러니 착한 어린이는 재미로 마족 소환 같은 것은 하지 않도록.

아무튼 소환된 브라스 데몬 한 마리가 바로 모건 씨가 북쪽 마왕이라 부르고 있던 것의 정체였다.

순마족에 비하면 쉬운 상대지만… 그렇다고 잔챙이라고 하는 것은 너무 비하한 표현일 것이다. 평범한 무기로도 해치울 수 있지만 맷집도 있고 힘도 강하며 공격마법도 구사한다.

그 부하들… 이랄까, 오작동으로 소환된 열 마리 정도의 레서 데몬도 요새에 있었는데, 이쪽은 브라스 데몬을 전체적으로 상당히 약하게 해놓은 거라고 표현하면 되려나?

어떤 공격을 하는지만 파악하고 있으면 평범한 전사들이라도 충분히 대처 가능한 상대이긴 하지만….

아쉽게도 '이쪽' 사람들은 공격마법에 익숙하지 않다.

데몬들의 낯선 마법에 상당한 피해를 입었는지, 그 결과 그들은 브라스 데몬에게 북쪽 마왕이라는 호칭까지 붙이게 된 것이다.

여기까지 오는 도중, 기사단과 경비대 사람들이 나누던 대화로 추측컨대 토벌을 명받은 은창기사단이 고기 방패로 제4경비대를 차출한 듯했다.

그리고 그곳의 모건 씨가 밑져야 본전이라는 생각으로 나와 가우리를 데려가기로 한 모양인데….

우리들 입장에선 방심은 할 수 없지만 익숙한 상대였다. 일일이 어떻게 상대할지를 설명할 필요도 없을 만큼 순조롭게 해치워버렸고, 가장 깊은 곳에서 브라스 데몬을 해치운 김에 아직 작동하고 있던 소환진까지 파괴해 버린 것이다.

하지만 그것은… 기사단 사람들과 모건 씨가 보기엔 전설에 나올 정도의 싸움으로 보였을지 모른다.

기사단으로 요새를 포위한 채, 신중하게 간격과 공격 타이밍을 재고 있는 사이에 쓰고 버릴 생각으로 데려온 떠돌이 용병 두 사람이 별 어려움 없이 닥치는 대로 상대를 해치워 버린 것이다.

"뭐… 뭐냐? 너희들은…!"

그제야 진정이 되었는지 모건 씨가 떨리는 목소리로 물었다.

"그 악마들과… 북쪽 마왕을… 모두 일격에…!"

"뭐냐고 물으셔도…."

나는 어깨를 작게 으쓱하고.

"소개장에 쓰여 있는 대로 마법사예요."

큰 기술 한 방으로 요새째 날려 버리지 않은 것만으로도 상당히 자중한 편이라고 생각하는데….

마법 자체가 익숙지 않은 '이쪽' 사람들이 보기엔, 몇 종류나 되는 공격 주문을 쓰는 내가 상당히 특이한 존재로 비친 모양이다.

…솔직히 말하면 가우리도 나 이상 활약해서 적을 해치웠지만… 모두의 눈길이 익숙지 않은 내 마법 쪽에 집중된 탓인지 그쪽은 전혀 주목을 받지 못했다.

모건 씨는 멍한 말투로.

"…아니… 솔직히 말해 그 소개장은 과장이 많이 섞인 거라고 생각했거든. 그런데 소개장대로이긴커녕 훨씬 대단한 실력이었잖아!"

"고맙습니다♪ 그럼 정보 쪽도 잘 부탁드려요~."

나는 농담조로 말하며 윙크를 날렸지만… 일동은 경악한 표정으로 그저 멍청히 서 있을 뿐이었다….

색채가 풍부한 태피스트리. 정교한 조각이 새겨진 중후한 나무 테이블. 꼼꼼하게 무두질한 가죽을 쓴 푹신푹신한 소파.

"자…, 일단 리나 씨, 가우리 씨, 이번 북쪽 마왕 토벌에 대한 기여에 대해 다시 한번 감사하네."

우리들 맞은편에 앉은 모건 씨는 그렇게 입을 열었다.

…파르밧소스로 돌아온 이틀 후.

나와 가우리 두 사람이 모건 씨에게 호출된 것은 마을 안에 있는 경비대 대기소… 가 아닌 왕성에 있는 건물이었다.

마을도 벽으로 빙 둘러싸여 있지만, 중앙 근처에 있는 왕성은 더 높은 성벽을 두르고 있다.

여관까지 마중하러 온 병사를 따라갔더니 안내받은 곳은 그쪽이었다.

성벽에 있는 통용문 중 하나를 지나 연병장으로 보이는 조금 넓은 광장을 가로질러 무언가의 건물로 들어가 그리 길지 않은 복도를 나아가자 나온 방.

전에 안내된 대기소 심문실 같은 곳과는 달리 제대로 된 훌륭한 응접실이었다.

지금 방에 있는 것은 우리들과 모건 씨뿐만이 아니다.

우리들 쪽에서 보아 오른쪽 구석, 즉 모건 씨 왼쪽 뒤에 금실로 장식한 감색 로브를 입은 중년 남자 한 명, 그리고 그 좌우로 한 명씩 완전무장한 병사.

방문은 우리들이 들어온 뒤의 것과 안쪽에 있는 것 하나. 각각의 앞에는 병사가 두 명씩.

그들이 누구인지 소개하지도 않고 모건 씨는 말했다.

"우리들이 그렇게 애를 먹었던 악마들을 퇴치할 때의 활약은 괄목할 만했어.

은창기사단 사람들도 자네의 수완은 높이 평가하더군."

"고맙습니다."

나는 일단 친근한 미소를 지으며.

"약속대로 나라에 대한 정보를 얻을 수 있다면 그 정도는 손쉬운 일이죠."

그렇게 선수를 치자 모건 씨의 표정이 약간 굳어진 걸 알 수 있었다.

“…그거 말인데….”

그는 시선을 테이블로 떨구고.

“이곳저곳에 문의해보았지만 현재까지 이렇다 할 성과가 나오지 않아서 말이지….

물론 조사는 계속 진행하고 있지만 오래된 자료를 조사해야 해서 결론이 나오려면 아무래도 조금 시간이 걸릴 것 같아.

하지만 그동안 쭉 여관에서 묵는 것도 불편할 테지. 그래서 자네들이 살기 위한 집을 마련했으니까 당분간은 그곳에서 살도록 해.”

“신경 써주셔서 고맙군요.”

인사하는 김에 내가 자리에서 일어서자 가우리도 허둥지둥 일어섰다.

“하지만… 더 이상 폐를 끼칠 수도 없는 일이니 우리들은 이쯤에서 떠날까 하네요.”

“잠깐만…!”

천연덕스럽게 한 내 말에 모건 씨는 안색을 바꾸고 몸을 일으켰다.

“기다려줘! 무슨 불만이라도 있는 건가?!”

“아뇨, 아뇨, 그럴 리가요. 하지만 이 이상 부담을 드리는 건 좋지 않은 것 같아서 말이죠.

이쪽도 느긋하게 있어도 될지 어떨지 알 수 없으니 여기저기 여행을 하면서 돌아갈 방법을 찾아볼까 해요. 그럼.”

일방적으로 그렇게 말하고 나는 빙글 발길을 돌려 들어왔던 문 쪽으로 걸어갔다.

하지만 그때.

서 있던 병사 두 사람이 문 앞을 가로막고 나섰다.

…아, 역시.

나는 발을 멈추고 돌아보며.

"모건 씨, 명령도 없이 병사가 움직였다는 건…."

싱긋 미소 지으며 말했다.

"그런 의도겠지요?"

동시에.

신음 소리와 무언가가 쓰러지는 소리가 두 개씩.

"리나!"

"응."

목소리에 돌아보니 그곳에는 가우리와 쓰러진 병사 두 명. 그리고 열려 있는 문.

말할 것도 없이.

가우리가 해치운 것이다. 사전에 협의한 대로.

모두의 주의가 나에게 쏠려 있을 때, 노마크였던 가우리가 길을 막고 있는 병사들을 처치한 것이다. 그의 실력이라면 그렇게 어려운 일도 아니었을 터.

"아닛…?!"

방에 있는 면면들이 놀라 소리쳤지만….

"그럼…."

한 마디를 남기고 나는 가우리와 함께 방에서 뛰쳐나갔다!

"…노… 놓치지 마라!"

모르는 남자의 목소리가 한 박자 늦게 방에서 들려왔다. 구석에 있었던 로브 남자려나?

"정말 이래도 괜찮은 거야?!"

복도를 달리며 묻는 가우리에게.

"괜찮아!"

나는 대답했다.

이렇게 될 것은 예측하고 있었다. …물론 이렇게 되기를 바라지는 않았지만.

다시 말해서.

모건 씨… 랄까, 이곳 루지르테는 나를 이 나라에서 내보내지 않기로 결정한 것이다.

브라스 데몬을 토벌했을 때 내가 쓴 공격마법들을 모건 씨와 기사들은 목격한 바 있다.

그것이 상부에 보고되었고… 나라를 움직이는 높은 분은 이렇게 생각한 것이다.

어떻게든 자국에 묶어놓고 마술 발전에 협력하게 하고 싶다.

만약 내가 병사 백 명, 병사 천 명에게 레서 데몬을 일격에 쓰러뜨릴 수 있는 공격 마법을 가르쳐준다면 이 나라의 전력은 대폭 강화된다.

반대로 만약 그게 불가능하다면….

…삐이이이이이이이익!

날카로운 호각 소리가 울려 퍼졌다.

소리에 호응하여 앞쪽에서 병사 두 명이 모습을 드러내더니 우리들의 모습을 확인하자 주저 없이 검을 뽑는다!

동시에 속도를 높여 돌진하는 가우리!

그쪽은 가우리에게 맡기고… 고개만 돌려 힐끔 뒤를 확인해보니 방에서도 이쪽을 뒤쫓아 병사들이 뛰쳐나오고 있다.

하지만 이것은 이미 예상했다.

복도로 나오자마자 나는 주문을 외우기 시작했고 이미 발동 준비는 완료한 상태!

오른손을 뻗어 벽에 손을 대고 〈힘 있는 말〉을 해방한다!

"반 레일!"

그 손을 기점으로 얼음 덩굴이 벽, 천장, 바닥을 기어갔다! 그리고 뒤에서 쫓아오던 병사들이 그것과 접촉한 순간….

쨍!

소리를 내며 단숨에 빙결! 병사들의 움직임을 막음과 동시에 복도까지 틀어막는다.

갑옷을 입고 있는 이상, 아마 목숨에 지장은 없을 것이다. 심한 동상에는 걸릴지 모르겠지만.

그것을 확인하고 나서….

시선을 앞으로 되돌렸을 때에는 이미 가우리가 병사 두 명을 쓰러뜨린 상태였다.

눈을 떼고 있었던 탓에 무엇을 어떻게 했는지는 알 수 없지만 피가 나지 않은 것을 보건대 목숨은 빼앗지 않은 모양이다.

그대로 내달려서 건물 밖으로 나간 순간.

"…유감이야…."

건물과 성벽 사이에 있는 연병장에서는 갑옷 차림의 무리가 기다리고 있었다.

소리친 것은 중앙에 있는 한 사람…. 그 얼굴은 본 기억이 있다. 기억이 맞다면 은창기사단의 단장일 것이다.

"우리나라에 힘이 되어준다면 듬직한 동료가 되었을 텐데. 하지만 리나 씨, 당신의 힘은 너무나 강해.

만약 그 힘이 타국으로 넘어가게 된다면 우리나라에 큰 위협이 되겠지.

그래서 그것만은 막아야만 돼."

…그렇다.

이 나라는 결정한 것이다.

만약 나를 이 나라에 묶어둘 수 없다면… 내 마법 기술이 다른 나라로 넘어갈 가능성이 아주 조금이라도 있으니 죽이라고.

솔직히 말해.

나는 이렇게 될 것도 예상하고 사전에 가우리와 대충 협의를 해두었다.

물론 약속대로 돌아가는 길에 대한 정보를 얻고 원만하게 떠나는 것이 가장 이상적인 전개이기는 했지만…

왕성 부근의 응접실로 안내받은 순간 나는 그럴 가능성이 사라졌다는 것을 깨달았다.

아무리 생각해도 이쪽을 붙잡거나 놓치지 않고 해치우기 위한 장소 선택이었던 것이다.

그리고 그 방에 있던 면면들이 두르고 있던, 살기까지는 아니어도 삼엄한 긴장감.

그래도 나의 지나친 생각이거나 지나친 몸조심일 가능성도 있었기에 일단 이야기를 들어보았지만… 시간이 걸린다느니 집도 준비했다느니 하는 이곳에 묶어두려는 의도가 뻔히 보이는 발언.

결정적이었던 것은 떠나려고 한 우리들 앞을 누군가가 명령을 내리기도 전에 병사가 가로막았던 것이었다.

…절대 놓치지 마라….

병사는 사전에 그런 명령을 받았던 것이리라.

돌아갈 수 있을지 어떨지도 모르는 고향을 포기하고 얌전히 협력하며 이 나라에서 산다는 선택은… 불가능하다.

만약 그것을 선택하면 아마도 빨리 고향을 체념하도록 하기 위해 가우리와 나를 떼어놓고 서로 연락을 할 수 없게 만들 것이다.

그리고 마법 지식을 전파했을 경우, 그것이 어느 정도 끝나면 언제 배신하고 나라를 떠날지도 모르는 녀석들 따위는 대충 누명을 씌워서 처형하려고 할 터.

나의 포섭을 계획한 상대가 산전수전 다 겪은 노련한 인물이라면 거의 틀림없이 내 인생은 이 코스로 확정이다.

그런 이상.

지금은 돌파해서 도망칠 뿐.

막아선 기사단장은 맑은 금속음을 내며 검을 뽑았다.

"정말로 유감이다…. 용서해라."

햇빛을 받은 칼날은 희미하게 녹색 기운이 도는 은색으로 빛났다.

"리나 씨의 기술은 전에 본 것으로 이미 간파했다. 거리만 좁히면 어떻게든 된다는 것도 이해했지.

그리고 이 검은… 우리 가문의 가보, 마력검 휠그레임!"

…으… 으으으으으으으음….

무심코 흘릴 뻔한 신음을 나는 간신히 억누르고 주문 영창을 개시.

"자, 그럼…."

자세를 취하는 단장에게….

가우리가 무방비 상태로 다가갔다.

"얕보지 마라, 애송이!"

포효와 동시에 땅을 박차고 단장이 손에 든 검을 휘둘렀다!

동시에 파고든 가우리도 검을 뽑아서….

소리도 없이.

단장이 들고 있던 검은 자루 부근에서 절단되었고, 칼날은 허공을 날아 땅바닥에 떨어지며 맑은 음색을 냈다.

부러진 것이 아니라 잘린 것이다.

“…아닛…?!”

동요를 보인 단장의 목줄기를….

퍽!

가우리는 칼자루로 때렸다!

투구 틈새를 노려 타격했기에 금속음과 함께 단장은 혼절했다.

…뭐… 당연한 결과겠지….

단장의 실력이 허접한 것은 아니었다. 오히려 검의 실력은 확실했을 것이다.

하지만….

가우리가 초절급 검사라는 것에 더해, 무기의 궁합도 최악이었다.

가우리가 들고 있는 무기는 블래스트 소드. 주위의 마력을 흡수해서 예리함으로 변환하는 무기로, 마족을 상대로 해도 충분히 통한다.

그에 비해 단장의 무기는, 그의 말이 사실이라면 마력이 서린 검.

다시 말해.

접촉한 순간, 마력으로 블래스트 소드의 예리함을 공급해주는 검인 셈이었다.

결국 처음부터 절단될 운명이었던 것.

단장이 이길 수 있는 유일한 방법은 칼날을 한 번도 마주치지 않고 상대를 쓰러뜨리는 것이었지만… 가우리의 실력을 생각하면 아무리 그래도 그것은 무리일 것이다.

이곳으로 안내할 때, 우리들의 무기를 압수하지 않은 게 잘못이었다. 주문을 쓰는 나에게 그 요구는 무의미한데다 경계만 당할 뿐이라고 판단한 것이겠지.

…물론 넘기라고 했다면 그 시점에서 곧바로 돌아갈 생각이었지만.

기사단장이 순식간에 쓰러진 것을 목격하자 늘어선 병사들 사이에 동요가 일었다. 하지만 그래도 도망치지는 않고 성문 출구로 통하는 부근을 중점적으로 지키고 있다.

그것을 본 나는 곧바로 병사들이 없는 벽 쪽으로 갔고.

가우리도 내 뒤를 따랐다.

물론 그곳에 문 따위는 없지만….

나는 성벽에 손을 댄 후.

"블래스트 웨이브."

콰앙!

손을 댄 부근의 성벽이 엄청난 소리를 내며 파괴되었다!

손과 접촉하고 있는 것을 파괴하는 마법이다. 재질에 따라 다르지만 이처럼 상대가 성벽이라고 해도 사람 한 명이 지나갈 수 있을 정도의 구멍이 뚫린다.

그곳을 통해 밖… 마을 안으로 뛰쳐나가는 나와 가우리.

"이대로 마을 밖으로 도망치는 거야, 가우리!"

"밖…? 어느 쪽으로 갈 건데?!"

"일단 북쪽으로!"

말하고 나서 달려가는 나와 가우리.

이런 상황이라면 이미 여관에도 병사들이 깔려 있을 것으로 생각하는 편이 좋을 것이다. 그쪽에는 들르지 않고 이대로 마을을 떠나기로 했다.

배낭은 여관에 둔 상태지만 이런 일이 있을까 싶어 노자 같은 귀중품들은 이미 챙겨서 나왔다.

…삐이이이이이이익! 삐이이이이익!

주위에 울려 퍼지는 호각 소리.

뒤에 무언가 강력한 마법을 쏴서 길을 막으면 못 쫓아오기는 하겠지만 아무리 그래도 상관없는 마을 사람들까지 말려들게 하고 싶지는 않다.

그렇다면….

길을 달리면서 나는 주문을 외우고….

"사이트 프랑!"

화악!

소리조차 날 것 같은 기세로 주위에 진한 안개가 펼쳐졌다.

"엇?!" "이게 뭐야?!" "우왓?!"

주위에 있던 행인들이 놀라 소리쳤지만 그냥 눈가림용 마법이니 이 정도는 용서해주길 바란다.

이로써 뒤쫓는 병사는 함정을 경계해서 움직임이 무뎌질 터. 그 틈에 이쪽은 돌진할 뿐!

"리나!"

"왜?!"

"길은 아는 거야?!"

"적당히 달리다 보면 되지 않겠어?"

…무리였다.

정신을 차려보니 나와 가우리는 어딘지 잘 모르는 길을 내달린 결과, 막다른 길에 도달하고 말았다.

그러고 보니 이곳은 왕성이 있는 마을. 외적의 침입을 고려해서 길이 복잡하게 얽혀 있었다.

"리나!"

"아무 말도 하지 마!"

"아니, 불평을 하려는 게 아니라 네 마법으로 날아서 가면 안 되는 거야?"

"…으음…."

그것은 나도 생각했지만 대낮에 건물 지붕을 뛰어넘으면 싫어도 눈에 띄게 된다. 병사들을 따돌리긴커녕 주목의 대상이 될 수 있다.

"일단 지금은 달려!"

"잘 모르겠지만 알았어!"

뒤로 빙글 돌아서서 길을 따라 내달리다가….

도중에 나온 갈림길에서 아직 가보지 않은 쪽을 향해 달린다.

외적의 침입을 고려해서 만들어진 마을이라고는 해도… 주민들이 혼란에 빠질 만큼 복잡한 구조는 아니었을 터.

일단 감에 따라서 그럴듯한 방향으로 달려가다가….

골목에서 큰길로 뛰쳐나왔을 때 7~8명의 병사 무리와 마주쳤다!

이 녀석들! 이런 곳에도!

"찾았다!"

동시에 상대는 소리치며 발검!

이쪽을 죽일 생각으로 덤비는 상대를 봐줘야 할 의리는 없지만, 나라에 고용된 병사는 명령에 대해 선택의 여지가 없는 경우가 많다. 그래서 가능하면 목숨까지는 빼앗고 싶지 않지만 숫자가 너무 많으면 그런 배부른 소리를 하고 있을 수도 없다.

일단 뒤쪽에 있던 병사 한 명이 품속에서 호각을 꺼내서 입에 물었다….

하지만 그가 그것을 불기도 전에.

그림자가 덮쳤다!

퍽!

호각을 물고 있던 병사의 머리가 부자연스럽게 흔들리더니 그 자리에 털썩 쓰러진다.

옆 지붕에서 고양이처럼 뛰어내려 병사의 투구에 일격을 가한 것은….

"…란?!"

"얏호호, 리나 농~♪"

예상외의 난입에 병사들 사이에 동요가 일었다. 반사적으로 란 쪽으로 전원의 시선이 쏠리자….

곧바로 가우리가 내달렸다!

병사들 중 몇 명은 란을, 나머지는 가우리를 경계했지만….

"블래스트 애시!"

내가 소리친 순간 병사들 전원이 움찔 몸을 떨며 나를 돌아보았다.

…허나 나는 주문을 외운 게 아니었다.

그저 '블래스트 애시'라고 말한 것뿐.

그렇지만 병사들이 내가 공격마법을 쓰는 마법사라는 것을 알고 있거나, 혹은 북쪽 마왕 토벌 때 내가 '블래스트 애시'라는 마법으로 레서 데몬과 브라스 데몬을 해치우는 모습을 보았다면 경계하지 않을 수 없을 터.

나에게 쏠린 순간적인 주목. 그것은 가우리에게… 그리고 란에게도 충분한 빈틈이 되었다.

주위 병사들이 모두 쓰러질 때까지 시간은 별로 필요치 않았다.

가우리는 칼자루와 체술로, 란은 들고 있는 봉… 아니, 곤으로.

란에게 싸울 수 있는지 물어본 적은 없지만 방금 확인한 바로는 상당한 실력인 듯하다.

…하지만 지금은 느긋하게 감탄이나 하고 있을 때가 아니다. 눈

앞의 병사들을 혼절시켰다고는 해도 대낮에 마을 한복판인 이상, 주위에 사람들 눈은 얼마든지 있다.

그리고 선량한 시민들 눈에는 아무리 봐도 이쪽이 악당이니 신고를 당하는 것은 시간의 문제. 고로 오래 있을 수 없다!

내가 달려가자 함께 달리는 가우리와… 무슨 까닭인지 같이 달리는 란.

옆에서 달리는 란에게 나는 조금 비난 섞인 말투로.

"뭐 하는 거야?!"

"그건 내가 할 말이야!"

"그건 그렇지만! 난 마법을 군대에서 쓸 의도가 뻔히 보여서 도망치고 있는 거라고! 그런데 어째서 란까지 함께 오는 거야?!"

낮에는 따로 행동하지만 여관이 같은 탓에 아침과 저녁은 함께 먹기도 했다. 최근 낮에는 마을 관광을 하고 있던 것으로 알았는데….

"우연히 지나치다가 리나 농과 가우 료스가 나쁜 녀석들의 습격을 받고 있길래 일단 해치우고 보니 상대가 병사였어!"

"너무 뜬금없잖아!"

"그게 내가 살아가는 방식이거든!"

"고쳐! 그런 방식은!"

"에헤헤…. 자주 듣는 말이야."

"더 문제잖아!"

말려들게 하고 싶지는 않았지만 이렇게 되어버린 이상, 우리랑

무관하니까 여관으로 돌아가라고 말할 수도 없다.

그녀는 우리들과 같은 여관에 묵었고 함께 밥을 먹었으며 병사까지 쓰러뜨린 것이다. 관계가 없다는 말이 통할 리 없다. 억지로 이 마을에 남겨두고 가면 심한 꼴을 당할 게 뻔하다.

"…이렇게 된 이상 한동안은 함께 도망칠 수밖에 없어!"

"응♪"

"왜 조금 기뻐 보이는 거야?! 아무튼 평소에 마을을 산책했을 테니 어느 정도 지리는 알겠지? 마을 외벽 부근까지 안내를 해줄 수 있어? 성문이 없는 곳이 좋은데!"

"성문이 없는 곳?"

"벽을 부수고 나갈 거니까!"

"알았어!"

…내가 이렇게 말하는 것도 좀 뭐하지만 벽을 파괴한다는 선언에 알았다고 곧바로 대답해 버리는 건 아무리 그래도 좀 그렇지 않나…?

아무튼….

이리하여 나와 가우리에 란이 더해진 세 명의 도피행이 시작되었다.

3. 도피행. 다가오는 추적자의 그림자

산 저편으로 해가 저물고 있다.

세계가 오렌지색으로 물들 무렵 우리들은 조금 이른 저녁을 끝마치고 있었다.

"이야, 리나 놈이 낚시를 그렇게 잘할 줄은 생각 못 했어~♪"

강가 자갈밭에 있는 적당한 돌에 앉아 낚은 민물고기 세 마리를 해치운 란이 만족스러운 미소를 지으며 말했다.

"아니, 사실 그건 낚시 실력이 아니라 마법이지만 말야."

나는 말했다.

자신의 머리카락과 어딘가에서 주운 나뭇가지, 그리고 이런 때를 대비해 가지고 다니는 낚싯바늘로 즉석 낚싯대를 만든 후 입질주문(가칭)을 걸어서 낚아 올린 것이다.

이 입질 주문은 전에 살짝 배운 환술을 이용해서 만든 내 오리지널 마법으로, 원리는 마법을 건 낚싯바늘을 물고기로 하여금 '엄청 맛있어 보이는 것'으로 착각하게 만드는 마법이다.

최종적으로는 부득이하게 별로 맛이 없는 요리를 먹어야 할 때 맛있게 먹을 수 있도록 하는 것을 목표로 했지만 결국 그쪽은 실현되지 않았다.

엄청나게 맛있어 보이게 하는 것까지는 가능하지만 실제로 입에 넣었을 때의 맛까지 속이는 것은 어렵다는 것을 알았기 때문이었다.

그 결과 입질 주문으로만 쓰게 된 것이지만, 사실 실패작이기도 한데다 이 마법이 자칫 확산되기라도 하면 강에서 물고기가 사라질 수도 있고, 너무 잘 낚여서 낚시의 재미가 없어지니 보통은 잘 쓰지 않는다.

하지만 지금은 경우가 경우다. 아무튼 이쪽은 쫓기는 몸이라 시간을 들이지 않고 3인분의 식량을 확보하기 위해 부득이하게 이 마법을 쓴 것이다.

…파르밧소스를 탈출한 후.

우리 세 사람은 마을에서 북쪽으로 뻗은 가도를 조금 나아가다 길을 벗어나 길이 없는 숲속을 동진했다.

루지르테는 아마 우리들에게 추적자를 보낼 것이다.

우리들이 모건 씨에게 북쪽에 있는 나라의 정보를 요구한 이상, 이쪽이 북쪽으로 갈 것은 그들도 알고 있을 터. 가도를 따라 병사를 보내고 파발마로 부락과 마을에도 수배를 할 게 분명하다.

하지만….

왕도 동쪽에는 계곡이 가로지르고 있어서 직접 그쪽으로 가는 가도가 없다는 이야기를 들었다. 그래서 그쪽으로 향하기로 한 것이다.

실제로 숲속을 동진하는 도중, 단애절벽까지는 아니지만 강이 흐르는 꽤 큰 계곡이 있었다. 그래서 나는 둥실둥실 허공을 부유하는 레비테이션 마법으로 두 사람을 데리고 강을 건넜다.

이로써 만약 개를 써서 냄새를 쫓는다 해도 문제없게 되었다.

그렇게 동쪽으로, 동쪽으로 나아가다 이윽고 저녁이 가까워졌을 무렵, 또 하나의 강을 만났기에 오늘은 여기서 야영하기로 했다.

낚은 물고기로 저녁을 마치고 주위에 있는 나뭇잎과 풀로 간이 침상을 만들고 나서.

"…그보다…."

노을이 지고 있는 나무들을 배경으로, 강가에 있는 돌에 앉은 채.

나는 란에게 몸을 돌리고….

"일단은 미안해. 이상한 일에 말려들게 해서."

"괜찮아~♪"

"아니, 가볍게 대답하고 있는데, 저기, 사태를 이해하고 있긴 한 거야?!"

"대충은~."

가볍다.

뭐랄까, 이것저것 가볍다.

사투리 때문에 그렇게 느껴지고 있는 것뿐인지, 아니면 본인의 성격인 건지.

"…저기 말야… 우리들 때문에 란까지 루지르테라는 나라 전체에 앞으로도 쫓기게 될 것 같다는 말이라고.”

“알고 있어….”

“…으음….”

나는 관자놀이에 손가락을 댄 채….

결국 무언가 이것저것 체념하고.

“뭐 좋아….

아무튼 이제부터 어떻게 하느냐인데, 일단 네 의견을 확인하고 싶어. 당분간 우리들과 함께 행동할래? 아니면 어딘가에서 헤어질래?”

“함께 갈게~.”

웃는 얼굴로 기운차게 왼손을 드는 그녀에게 나는 손바닥을 뻗으며.

“아니, 잠깐. 이야기를 잘 들어. 반사적으로 대답하지 말고.

우선 함께 갈 경우,

우리들은 네가 이 나라 밖까지 무사히 나갈 수 있도록 노력하겠지만… 만약 도망치는 도중에 추적자에게 붙잡힌다면 넌 완전히 우리들의 동료로 간주돼.

반대로 어딘가 적당한 장소에서 헤어질 경우,

너 혼자라면 수색의 눈길은 훨씬 피하기 쉬워질 거야.

녀석들의 목적은 어디까지나 나니까.

하지만 만약 우리들과 함께 있었다는 걸 들켜서 얼버무릴 수 없게 된다면 너 혼자서 어떻게든 빠져나갈 수밖에 없어.

그걸 감안하고… 너는 어떻게 하고 싶어?"

"함께 갈게~."

…저어어엉말 생각한 거 맞아…?

의심하는 나에게 란은 여전히 미소를 머금은 채.

"함께 가면 나중에라도 헤어질 수 있지만, 처음부터 헤어진다면 나중에 합류할 수 없잖아~."

"의외로 생각하고 있었네?!"

"그 말도 곧잘 듣곤 해~."

"…그럼 얼마간은 함께 행동하기로 해.

이 나라를 벗어나 다른 나라로 들어가면 추적자들도 그리 자유롭게 움직일 수 없게 될 테니까 그때까지는 나와 가우리도 전력으로 지원할게.

하지만 만약 도중에라도 따로 행동하고 싶어진다면 사양 말고 말하라고."

"고마워~♪

…하지만 리나 농…."

란은 장난스럽게 바라보며 농담 섞인 말투로.

"리나 농은 고향으로 돌아간다고 했지만 나라가 노릴 만큼 굉장한 마법을 쓸 수 있다면 아예 이쪽에 리나 농의 나라라도 만들어 버리는 건 어때?"

"아하하, 무리야, 무리."

나는 손을 살랑살랑 저었다.

"애당초 무리이고, 가능하다 해도 뭔가 이것저것 귀찮을 것 같아.

기본적으로 난 나한테 튄 불똥은 털어내고 불똥을 튀긴 녀석은 움직일 수 없을 때까지 두들겨 패는 성격이지만, 내 스스로 소란을 일으키고 싶다고는 생각하지 않거든."

"뭣?"

내 말에 무슨 까닭인지 란의 반대편에 앉아 있던 가우리에게서 의문의 목소리가 흘러나왔다.

나는 그쪽을 처어어어언천히 돌아보고.

"응?"

하지만 내가 가한 압력에도 가우리는 동요하지 않고….

…후우우우우우우우우….

오히려 한숨까지 쉬면서.

"그렇구나…. 리나에게는 이것도 스스로 벌인 짓이 아닌 거였어…. 그 모양이니까 온갖 녀석들이 피해 가는 거야."

"피해 간다고 하지 마아아아아아!"

"피해 간다고?"

의미를 몰라 고개를 갸우뚱하는 란.

"…뭐… 뭐 아무튼…."

나는 어흠 작게 헛기침을 하고.

"오늘은 여기서 하룻밤 묵고 내일도 일단 동쪽으로 계속 가볼 생각이야. 부락이나 마을이 나오고 그곳에서 북쪽으로 가는 루트가 있다면 그쪽으로 가겠지만…

그 부락이나 마을에 도착하기 전에 일단 해두어야 할 일이 있어."

"뭔데?"

라고 묻는 란에게 나는 무겁게 고개를 끄덕이고 말했다.

"…변장."

산을 등지고 남북으로 뻗은 길을 따라 몇 개의 민가가 늘어서 있다.

민가들 뒤로는 완만한 산비탈을 깎아서 만든 길쭉한 밭. 그리고 그 뒤에는 가지런히 심어놓은 나무들. 열매가 맺혀 있지 않기에 확실히는 알 수 없지만 잎사귀로 보아 오렌지 계열의 유실수일 것이다.

우리들이 그 마을을 찾은 것은 파르밧소스를 떠난 다음 날 아침과 점심 사이의 시간이었다.

마을을 지나는 가도를 일단 북쪽으로 우회한 뒤 다시 남하해서 마을로 들어간다.

"안녕하세요~?"

밭에서 농사를 짓는 마을 사람들에게 나는 기운차게 말했다.

마을 사람들은 이쪽으로 눈길을 돌리더니….

순간적으로 의아하다는 표정을 지었다.

뭐 그도 그럴 것이다.

아무튼 지금 우리들은 이상한 변장을 하고 있으니까.

…언젠가 그리 멀지 않은 시기에 이 부근까지 우리들의 수배서가 나돌게 될 텐데.

이 수배서라는 것은 초상화가 첨부될 경우도 있지만 특징을 그냥 적어놓았을 뿐인 경우도 많다.

다시 말해.

후자의 경우, 쓰여 있을 듯한 내용을 예측해서 그 특징에서 벗어난 간단한 변장을 하기만 해도 얼버무릴 수 있는 경우도 있다.

그런 까닭에.

나는 망토와 숄더 가드를 떼고 숄더 가드와 짐을 망토로 감쌌다. 그것을 망토 뒷면이 겉으로 나오도록 짊어지고, 입고 있는 옷은 란과 통째로 교환.

가우리도 눈에 잘 띄는 갑옷을 벗어서 포장한 뒤, 란이 가지고 있는 막대기에 짐처럼 매달았다.

그리고….

전원이 머리를 뒤로 땋은 후 목에 감았다.

모두 똑같은 헤어스타일이라는 특징을 각인시키는 것에 의해, 다른 인상을 약하게 하기 위함이었다.

"…그래, 잘들 왔어."

한 박자 늦게 마을 사람들 중 근처에 있던 아저씨가 대답을 해주었다.

그 말에 나는 큰 목소리로.

아~~~앙
쿠당♥

"이곳이 미다르카 마을이 맞나요?"

라고 묻자 상대는 다시 한 박자 정도 늦게.

"…뭐?"

"그러니까 미다르카 마을이 맞냐고요?"

아저씨는 이번엔 조금 길게 침묵하다가.

"…아니… 이곳은 모스 마을인데…."

"…네…?"

나는 얼빠진 목소리를 낸 후 품속에서 양피지를 꺼내 가우리, 란과 얼굴을 마주 보고 속닥속닥 이야기를 나누기 시작했다.

…말할 것도 없이….

여기까지는 모두 길을 잃은 여행자 연기.

미다르카라는 이름도 대충 지어낸 이름이다.

물론 가우리와 란 두 사람과도 사전 협의는 이미 끝마친 상태.

이러쿵저러쿵 이야기를 나누는 척하고 나서 나는 머리를 벅벅 긁으며.

"모스 마을인가요? 정말로?"

"그야 거짓말을 할 이유가 없잖아."

그 대답에 나는 손에 든 양피지(백지)로 시선을 떨구고.

"…어? 이상하네…. 어디서…? 어…?"

나는 잠시 혼란에 빠진 척하고 나서.

"그럼 저기… 미다르카는 어느 쪽으로 가야 되는지 아시나요?"

"아니… 미안하지만 그런 이름은 들어본 적도 없는걸?"

“얼레…?”

고개를 갸웃하다가… 이윽고 나는 남쪽으로 가는 길을 가리키며.

“저기… 죄송한데, 그럼 이쪽에 있는 마을이나 부락의 이름은 뭔가요?”

“조금 가면 다나로프 마을이 나오고 다음이 라나세 마을이야. 그다음이 라다마운트인데, 거기서 남서쪽으로 가면 삼거리가 나오고, 거기서 오른쪽으로 가서 다리를 건너면 왕도 파르밧소스로 가는 가도와 합류하게 되는군.”

파르밧소스에서 동쪽으로 가는 길은 없었으니까 이 길은 남쪽으로 한참 가서 꺾인 후 왕도로 가는 가도와 합류한다는 말일 것이다.

“음….”

나는 신음하고 이번엔 북쪽 길을 가리키며.

“그럼 이쪽은요?”

“아나로프, 아리바로가 있고, 그다음에 있는 게 조금 큰 마을인 라노마야.”

별로 의문도 품지 않고 고분고분 가르쳐준다.

나는 가우리, 란과 얼굴을 마주 보고 이것저것 의논하는…… 척하고 나서.

“…알겠습니다….”

아저씨에게 말했다.

“일단, 뭐냐, 그 파르밧소스? 쪽으로 가보기로 할게요!

아, 하지만 그전에,

이 마을에서 먹을 것과 입을 것을 좀 얻을 수 있을까요? 왕도까지 가서 사면 가격도 비쌀 것 같으니.”

물론 파르밧소스로 갈 생각 따위는 없지만 이렇게 말해두면 추적자가 이곳에서 탐문을 했을 때 ‘낯선 3인조가 와서 왕도로 간다고 했다’고 증언해줄 테니 잘하면 관계없다고 생각할지 모른다.

당연히 이 마을을 나설 때에는 일단 가도를 따라 남쪽으로 갔다가 적당한 곳에서 길을 벗어나 우회해서 북쪽으로 향할 예정이다.

내 말에 아저씨는 소리를 내어 웃더니.

“뭐, 나도 왕도에 가본 적 있지만 어느 것이든 다 비싸더군.

알았어. 잡화점까지 안내해줄 테니까 따라오도록 해. 가격에 대해선 보장하지.

다만… 품목에 대해선 별로 기대하지 않는 게 좋을 거야.”

“…고맙습니다! 덕분에 살았어요!”

나는 꾸벅 인사를 했고….

이리하여 일행은 당분간 먹을 식량과 변장용 옷을 무사히 입수하게 되었다.

숯검댕으로 시커멓게 물든 들보.

테이블은 오래 써서 그런지 검게 빛나고 있었지만 손질은 잘되어 있는지 감촉은 부드러웠다.

천장에 매달린 램프가 비추는 가게 안은 자리의 80퍼센트 정도가 차 있었다.

"오래 기다리셨습니다~. 따뜻한 채소 샐러드와 적오리 파테(주2), 그리고 동과 크림소스 조림에 트라티아 흑계 찜닭입니다."

"""오오오오오오오."""

웨이트리스가 잇달아 테이블에 올려놓는 요리에 나, 가우리, 그리고 란 세 사람의 목소리가 겹쳐졌다.

어제처럼 낡은 고기에 소금을 뿌려 구워서 먹는 것도 나쁘지는 않지만 역시 제대로 조리한 요리도 좋다.

파르밧소스에서도 정성스럽게 조리한 요리는 먹었지만… 이 가게에서 주문한 요리는 비주얼도 화려했다.

식기와 요리의 조화는 물론이고 색깔 채소의 균형도 잘 맞춰져 있고, 악센트로 먹을 수 있는 꽃잎까지 뿌려져 있어서, 충분히 밝다고는 할 수 없는 램프 불빛 아래에서도 바래지 않는 선명함을 보여주고 있었다.

"그럼…."

"""잘 먹겠습니다~."""

나이프와 포크가 번뜩이며 요리들은 잇달아 우리들의 입속으로 사라져갔다.

으음, 딜리셔스♪

보통 보기 좋으라고 넣은 채소와 장식은 요리의 맛 자체에는 도움이 되지 않고 경우에 따라서는 식감 등의 방해가 되는 탓에 남

주2) 파테: 잘게 간 고기와 생선 등에 간을 해 파이 반죽으로 싸서 오븐에 구운 요리.

기는 게 기본일 경우가 많지만… 이곳 요리는 그런 게 없다.

연출로밖에 보이지 않는 먹을 수 있는 꽃잎도 요리와 함께 입에 넣으니 은은하고 달콤한 향기와 살짝 쓴맛이 악센트가 되었다.

…이건… 상당히….

정신없이 먹어대다가 세 사람이 한숨 돌린 것은 요리를 완전히 해치운 후의 일이었다.

…이런. 애초에 계획했던 작전 회의를 하지 못했네.

각각 추가로 음료수를 주문하고 나서….

"…그래서, 앞으로의 계획 말인데…."

내가 그렇게 말한 것은 나탈 주스라는 것을 한 모금 마신 후였다.

복숭아에 가까운 맛이지만 향기가 강하고 너무 달지 않아서 뒤끝도 깔끔하다.

…뭐, 맛의 감상은 일단 접어두고.

"일단 지금 상황이라면 이대로 북쪽으로 가도 괜찮지 않을까 생각해."

오늘….

모스 마을에서 옷과 음식을 입수한 우리들은 예정대로 남쪽 길을 통해 마을을 빠져나와 그곳에서 길이 없는 숲속을 통해 북쪽으로 이동했고.

지금은 마을 아저씨가 말했던 라노마 마을에 와 있었다.

크기로 따지면 전에 들렀던 마리시다와 비슷한 정도일까? 다만 이쪽에는 그럭저럭 큰 건물도 있었고 우리들이 잡은 여관도 3층 건물이었다.

물론 마을에 들어오기 전에 다들 옷을 갈아입고 변장을 끝마친 상태.

모스 마을에서 입수한 옷으로 갈아입은 후, 헤어스타일도 나는 트윈테일, 가우리는 포니테일, 란은 올림머리로 바꾸었다.

아무튼 그런 식으로 나와 가우리는 온몸으로 평범한 여행자 느낌을 만들어내고 있었다.

…뭐 애초에 가출 소녀 같은 복장이었던 란은 솔직히 별로 인상이 변한 것 같지 않지만….

그래도 우리들의 얼굴을 직접 모르는 추적자라면 아마 얼버무릴 수 있을 것이다.

…사실 추적자 따위는 없어서 전부 나의 헛수고일 가능성도 없지는 않지만 그건 그것대로 문제없다.

방심하다가 정신을 차려보니 어느샌가 추적자들에게 포위되어 있더라 하는 사태보다는 훨씬 낫다.

아무튼 이만큼 했으면 그리 쉽게 들킬 일도 없을 터. 당당하게 행동하는 편이 오히려 의심을 받지 않을 것이다.

그래서 이 마을에 도착하자 당당하게 여관을 잡고, 맛있는 가게는 없는지 물어서 당당하게 이 가게로 왔다.

여관 아저씨, 추천해줘서 고마워요. 이 가게는 진짜 대박이네요.

본래대로라면 좀 더 주문해서 가게 메뉴를 모조리 제패하고 싶지만….

“그래도 역시 너무 눈에 띄는 행동은 삼가야겠지?”

스스로를 타이르듯 말하는 나.

너무 방심해서 폭식을 하다가 그것이 빌미가 되어 추적자에게 정체를 들킨다면 대참사가 된다.

당연히 생각 없이 마법을 쓰는 것도 금물.

하지만 반대로 그 부분만 조심하고 때때로 복장 등의 인상을 바꾸면 어떻게든 될 것 같기는 하다.

돌아가는 길에 대한 단서는 여전히 없지만 일단 나라를 빠져나가는 것까지는 순조로울 것 같네.

나는 그렇게 생각하고 있었다.

…이때에는 아직….

식사를 마치고 밖으로 나와보니 하늘에는 둥근 달과 반짝이는 별들.

…별은 멀리 떨어진 장소에서는 다르게 보인다고 과거에 어떤 기록에서 읽은 적이 있다. 구체적으로 어떻게 다르고 별의 모습에서 현재 있는 장소를 알아내는 게 가능한지, 그것까지는 쓰여 있지 않았지만.

만약 별을 보고 그것을 알 수 있다면 현재 있는 장소에 대한 단서가 되었을 것이다.

라노마 마을의 큰길은 해가 저문 후에도 어느 정도 사람의 왕래가 있었다. 식사를 하거나 술을 마시러 나온 사람이 그럭저럭 있는 것이리라.

가로등 같은 것은 없지만 쭉 늘어선 가게들이 처마 끝에 램프와 칸델라를 대여섯 개씩, 가게에 따라서는 열 개 이상씩 매달아 놓고 있다.

아마 호객이 목적이겠지만 불이라도 나면 어떡할지 조금 걱정이다. 램프 기름이 나쁜 건지 검은 연기가 피어오르고 있는 가게도 있고.

덕분에 큰길에서는 발밑 걱정을 할 필요가 없지만… 불빛이 환한 만큼 옆쪽으로 난 뒷골목의 어둠은 더 부각되고 있다.

우리들이 오늘 잡은 여관은 큰길에 접해 있었다.

저녁을 먹은 가게에서도 그리 멀리 떨어져 있지 않다. 잠시 걸어 여관으로 돌아온 우리들은 여관 현관을 지나쳤다.

그리고 카운터에 있는 여관 아저씨에게서 각각의 방 열쇠를 받고 나서….

“아, 아저씨, 방에서 쓸 램프 하나 빌려주세요.”

“…음, 그러지.”

나의 요구에 아저씨는 뒤쪽 선반에서 램프를 하나 꺼낸 후, 카운터 옆에 있는 램프에서 불을 옮겨붙이고 내게 건네주었다.

나는 가우리와 란에게.

“…너희들에게 할 이야기가 좀 있으니 내 방으로 와줄래?”

"응."

"오케이~♪"

이리하여 일동은 3층으로 이동했다.

복도와 계단에는 빛을 억누른 램프가 몇 개 매달려 있지만 화재를 피하기 위해선지 각 방에 비치된 램프는 없다. 필요한 사람은 카운터에서 빌리는 방식으로 되어 있는 것이다.

나는 자신의 방 열쇠를 열고 안으로 들어가 램프를 내려놓은 다음, 짐을 들고 곧바로 복도로 나왔다.

옆방에서 가우리, 맞은편 방에서 란이 짐을 들고 나온 것을 보고 말없이 란의 방을 가리킨다.

두 사람이 말없이 고개를 끄덕이자 나와 가우리는 문을 닫고 함께 란의 방으로 이동했다.

어둠에 눈이 익숙해지기를 잠시 기다렸다가….

"…그럼 도망치도록 할까."

목소리를 낮추어 내가 말하자 어둠 속에서 두 사람의 윤곽이 고개를 끄덕였다.

…추적자가 온 것이다.

음식점에서 여관으로 돌아오는 도중에 주위에 잠복해서 이쪽을 관찰하고 있던 몇 개의 기척. 그리고 여관에 돌아왔을 때 아저씨가 보인 태도.

그것들 모두가 추적자의 존재를 알리고 있었다.

이런 사태에 비교적 익숙한 나와 가우리는 둘째치고 여러모로 가벼워 보이는 란이 순식간에 사태를 이해하고 움직인 것에는 조금 놀랐지만.

왜 추적자에게 발견되었는지는 알 수 없지만, 지금은 그것을 따지기보다 이곳을 떠나는 게 우선이다.

추적자가 여관 밖에서 내 방을 감시하고 있다면 창문 틈새로 흘러나오는 희미한 램프 빛이 보일 터. 부디 그쪽에 정신이 팔려 있기를….

속으로 작게 주문을 외우면서 창문을 열자 그곳은 밤하늘.

나는 가우리와 란의 손을 잡고 작은 목소리로.

"…레비테이션."

창문을 통해 밤공기 속을 부유해서 나간다.

하늘에는 달과 별빛. 밑에는 사람들이 생활하는 불빛.

주위에 늘어선 지붕 위를 둥실둥실 나아가다가….

"""……?!"""

그것을 눈치챈 것은 아마 세 사람 동시였을 것이다.

어딘가의 집 옥상 위. 우리들 앞을 가로막듯 서 있는 것은 로브에 후드 차림의 인물.

어두워서 색깔은 알 수 없지만 아마도 진한 색 계통. 깊이 눌러쓴 후드에 코 밑을 덮고 있는 마스크.

연령과 성별은 알 수 없지만 우리들과 아무 관계도 없는 사람이 우연히 거기 있을 리는 만무하다.

이 마법을 쓰고 있는 상태로는 여차할 때 대응할 수 없기에.

나는 마법을 해제했고….

…그와 동시였다.

로브 차림의 인물이 빛의 창을 만들어서 나에게 던진 것은.

이쪽이 마법을 풀고 옥상 위에 내려선 탓에 공격은 내 머리 위를 그대로 지나쳐서….

콰앙!

뒤에 있는 건물… 여관 벽에 충돌해서 벽을 파괴하며 요란한 소리와 함께 파편을 흩뿌렸다!

방금 그것은… 공격 주문?!

마법이 대중적이지 않은 '이쪽'에서?!

상대의 정체에 의문은 있지만 정체를 캐고 있을 때가 아니다!

나는 속으로 주문을 외우면서 로브 차림의 인물을 향해 똑바로 지붕 위를 달려갔다!

오른쪽에서 달리는 가우리가 속도를 높여 앞장섰고….

"……!"

밤바람에 섞여 들려오는 낯선 남자의 목소리. 아마 로브 차림의 인물이 무언가 주문을 영창한 것이다.

그 직후, 로브 차림의 남자 눈앞에 램프 불빛과 같은 빛의 구슬이 출현했고, 그 구슬에서 다섯 개로 분리된 빛의 선이 만들어져 가우리를 향해 뻗었다!

넓은 공격 범위에, 지금 있는 곳은 발을 디디기 힘들고 몸을 피하기 힘든 지붕 위.

하지만….

가우리는 마치 평지를 달리듯 공격을 쉽게 피해내며 로브 차림의 남자 바로 앞까지 돌진했다!

사정거리에 들어오자마자 곧바로 발검!

하지만!

로브 차림의 남자는 도약… 아니, 날았다.

위로 크게 도약하더니 그 속도 그대로 계속 상승해서 검이 닿지 않는 높이의 허공에서 우뚝 정지한다!

공격 마법을 쓴 직후에 비행 마법을?! 주문 영창이 아무리 그래도 너무 빠르다. 혹시 근처에 동료가 있어서 그쪽에서 무언가의 마법을 쓴 건가?

허공에 뜬 로브 차림의 남자는 발길을 멈춘 가우리를 내려다보았고….

“아직 아직 아직 안 끝났어어어어어!”

그때 란이 달려왔다!

“봉의 사정거리는….”

로브 차림의 남자 바로 밑까지 달려가서….

“검보다….”

그를 향해 봉을 쭉 뻗으며….

“길다고!”

하지만 닿지 않았다.

훗 하고 로브 차림의 남자가 코웃음 친 순간.

퍽!

그 몸이 위로 튕겨 날아갔다!

"크악?!"

비명을 지르며 날아가는 로브 차림의 남자.

란이 무언가를 한 것이겠지만….

"이틈에 도망치는 거야!"

나는 그렇게 소리치고 나서 지붕을 내달려 적당한 곳에서 밑으로 뛰어내렸다.

뒤따라 내려오는 가우리와 란.

로브 차림의 남자는 밤하늘 높은 곳에 머무른 채.

"……. ……."

설마 다음 주문 영창?! 비행 마법을 제어하고 있는 상태에서?!

다음 순간.

로브 차림의 남자 주위에 진홍색 혀를 날름거리는 다섯 개의 불덩어리가 출현했다!

이 녀석, 제정신인가?! 이런 마을 한복판에서?!

그저 위협일지도 모르겠지만 이쪽의 대응은 같다!

나는 외우고 있던 마법을 상공에 있는 남자를 향해 해방했다!

"프리즈 애로!"

만들어진 십여 개의 냉기 화살이 허공에 있는 남자를 향해 날아갔고.

한 박자 늦게 로브 차림의 남자도 불덩어리를 밑으로 쏘았다!

불덩어리 하나와 냉기 화살 하나가 공중에서 충돌하며…,

콰앙!

불덩어리 하나와 냉기 화살 하나는 공중에서 충돌한 후 굉음을 내며 밤하늘에 불꽃을 터뜨렸고.

찰나의 틈을 두고 다른 불덩어리들은 주위에 명중했다!

콰과과과과과!

지붕 위와 건물 벽을 가리지 않고 화염이 터졌다.

빛의 구슬이 터져서 고화력의 불꽃을 흩뿌린다기보다는 불꽃 자체를 구슬 모양으로 만들어 쏘는 마법이라는 느낌이려나?

명중한 곳을 한순간에 숯으로 만들 정도의 화력은 없지만 명중한 민가의 나무 부분에서는 불길이 치솟고 있다.

그나저나… 나의 프리즈 애로를 요격할 생각으로 불덩어리를 쏜 것이겠지만 조준이 상당히 엉성하다.

나는 달리다가 옆에 있는 골목으로 들어갔고, 가우리와 란도 뒤를 따랐다.

로브 남자의 추가 공격은… 없었다.

역시 생각한 대로군.

높은 곳에 있는 로브 남자는 자신이 쏜 불꽃과 화재의 불길 탓에 불빛이 없는 골목으로 들어간 우리들의 모습이 보이지 않게 된 것이다.

세 사람은 그대로 밤거리를 내달렸고….

결국.

우리들이 무사히 마을을 빠져나갈 때까지 그 이상의 추격은 없었다.

낯선 대지에서 밤이 밝았다.

아침과 함께 새들이… 아니, 새로 추정되는 무언가가 울기 시작하는 것은 '이쪽'에서도 같지만 하나하나에 귀를 기울여보면 들려오는 울음소리는 완전히 다르다.

…그보다 '케케케'로 들리는 울음소리도 함께 섞여 들리고 있는데… 대체 어떤 생물인 거야?

…어제 라노마에서 탈출한 후….

우리 세 사람은 숲속에서 야영을 하기로 했다.

맛있는 저녁을 먹을 수 있기는 했지만 선불로 치른 여관비는 통째로 날린 셈이다.

그 결과, 오늘 아침도 모스 마을에서 옷과 함께 입수한 휴대 보존식.

비스킷… 이라며 팔고 있기는 했지만 그 이름에서 연상되는 맛에 비해 딱딱함은 두 배고 맛은 절반 정도에 지나지 않는다.

뭐 그에 걸맞게 엄청 쌌기에 딱히 불평은 할 수 없지만.

그리고 근처에 있는 개울물을 끓여서 함께 먹으면 못 먹을 것도 없다.

즐거운 식사라기보다는 당장의 영양 보급이라는 느낌이지만 사태가 사태이니 어쩔 수 없다.

"…그나저나…."

아침을 마치고 한숨 돌린 후.

주위에 앉은 가우리와 란에게 나는 말했다.

"변장까지 하고 길이 아닌 곳을 갔는데… 추적자 녀석들이 어떻게 우리들이 있는 곳을 알아낸 건지 수수께끼네…."

그렇게 여러 가지 수단을 썼는데 너무나 쉽게 발각된 것이다. 그 이유를 모르는 상태에서는 앞으로도 같은 결과가 될 가능성이 있다.

"흠, 어떻게 안 걸까…?"

가우리는 잠시 생각하는 척하다가 고개를 들고.

"리나는 어떻게 생각해?"

"결국 나한테 다 떠넘기는 거잖아! 그보다 가우리, 방금 너 그냥 생각하는 척했을 뿐이지?!"

"아니야. '생각하면 내가 대답을 알아낼 수 있을까?'라는 의문을 떠올렸지만 '무리겠지'라는 대답이 나왔기에 리나에게 물어본 것뿐이라고…."

"사실상 아무것도 생각하고 있지 않은 거잖아!"

"저요, 저요, 저요, 저요!"

여전히 왼손으로 소중하게 곤을 껴안은 채 란이 힘차게 오른손을 치켜들었다.

“그럼 란이 말해봐.”

내가 지명하자.

“네!”

그녀는 자리에서 일어나 차려 자세를 취하고 발랄하게.

“제가 수상하다고 생각합니다!”

““뭐어어어어어어?!””

너무나 참신한 의견에 무심코 소리치는 나와 가우리!

“어째서?!”

내가 그렇게 묻자 란은 기쁜 얼굴로.

“리나 농과 가우 료스는 전부터 아는 사이니까 남는 것은 오직 나 한 사람. 너무 수상하지 않아?”

그렇게 말하고 무슨 까닭인지 의기양양한 얼굴.

“아, 그래?”

“게다아아아아아가!”

“또 있구나.”

“자신의 입으로 ‘다른 사람에게는 자신이 수상하게 보일 것이다’라고 말하는 부분 또한 수상한 대목!

정말로 무언가를 하고 있다면 그런 말은 안 하겠지 하고 생각하게 만드는 작전!

교! 활!”

“오, 그러세요?”

그렇게 말하자 그녀는 못마땅한 듯 뺨을 부풀리며.

"리나 농이 상대를 안 해줘…!"

"후…."

나는 지친 목소리로 탄식했다.

…솔직히 말해.

란의 말대로 '다른 사람에게는 자신이 수상하게 보일 거다'라고 발언하는 것으로 의심을 약하게 하는 방법이 있기는 하다.

말투부터 굉장히 바보스러워 보이지만 란은 사실 그리 머리가 나쁘지 않… 을지도 모른다.

하지만 나는 란이 내통자일 가능성은 낮다고 보고 있다.

만약 란이 루지르테 왕국의 끄나풀이라고 한다면, 그녀에게 우리들과 동행하라고 지시한 것은 그녀를 만나기 전에 만난 왕국 쪽 사람…. 다시 말해 마리시다 마을의 브론코 씨나 그 동료인 셈이 된다.

하지만 그렇다면 브론코 씨가 '도적을 전멸시킨 무언가'를 조사하러 갈 때 마법을 쓸 수 있는 그녀와 동행했을 터이다.

그리고 만약 란이 내통자라고 한다면 어떻게 추적자들에게 연락을 취했느냐 하는 문제도 있다.

…물론 그렇다고 해서 그녀를 무조건적으로 신용할 생각은 없지만.

나는 작게 한숨을 내쉬고.

"……그럼 지금부터라도 마음 한구석에서 란을 의심하기로 할게."

"오케이!"

대체 뭐가 오케이인 건지 란은 만족스러운 얼굴로 크게 고개를 끄덕였다.

…뭐 그녀에 대해선 일단 접어두고….

마도 기술이 발달한 '저쪽'이라면 무언가의 매직 아이템으로 표시를 한 뒤 그것의 장소를 아스트랄 사이드에서 탐색하는 것도 가능하지만 '이쪽'에 그런 기술을 가진 자가 있을 거라고는 생각하기 힘들다.

생각하기 힘들지만… 내가 모르는 술법을 쓰고 있는 자가 있을 가능성도 없는 것은 아니다.

…그보다 내가 모르는 술법이라고 하니 생각났는데….

"그러고 보니 란, 너 어젯밤 사정거리 밖에 있는 추적자에게 한 방 먹였었잖아. 그거 어떻게 한 거야?"

라고 묻자 그녀는 어리둥절한 얼굴로.

"음? 얼레? 말하지 않았던가? 전에 엘프한테서 배웠다고 했잖아."

"뭐? 그건 점프 비거리를 늘리는 마법 아니었어?"

분명 그것으로 버스선에 올라탄 것으로 기억한다.

"점프? …아~."

그제야 알았다는 듯 그녀는 미소 지으며.

"똑같은 마법이야."

"똑같다고?"

이번엔 내가 미간을 좁힐 차례였다.

아마 똑같이 바람을 이용하고 있다는 뜻일 거다. 바람으로 자신을 가속시키기도 하고, 무기에 바람을 둘러 쏘기도 하는 식으로.

그렇다고 해도 이 두 가지를 같은 마법이라 단언하는 것은 아무리 그래도 너무 뭉뚱그렸다.

"그래, 똑같아~.

아, 그럼 지금부터 다시 걸어볼게~."

란은 주문을 외우기 시작했다.

상위 존재의 힘을 빌리기 위한 카오스 워즈…. 이것만은 '저쪽'이든 '이쪽'이든 다르지 않은 듯, 듣고 있자니 사투리 같은 것도 없는 듯하다.

…음?

그녀는 영창하면서 오른손으로 주위 잡초를 쥐어뜯더니….

확! 자신의 머리 위로 집어 던졌다.

동시에….

"윈 브레스!"

란이 〈힘 있는 말〉을 해방함과 동시에 방금 집어 던진 잡초는 바람에 날아가지도 않고 땅에 떨어지지도 않은 채 란의 주위를 하늘하늘 떠돌기 시작했다.

"이런 식이야."

란은 내 손을 잡고 그대로 어깨동무를 했다.

딱히 바람이나 무언가가 느껴지는 것은 아니지만 그녀 주위를

떠도는 잡초는 매번 움직임을 바꾸고 있다….

"그리고…."

나에게서 몸을 뗀 란은 들고 있던 봉을 겨누더니 떨어진 곳에 있는 나무줄기를….

찔렀다.

봉이 닿을 만한 거리는 전혀 아니었지만, 찌른 그 순간.

그녀 주위를 돌고 있던 잡초가 단숨에 가속해서 찌른 봉을 중심으로 앞쪽에 있는 나무줄기를 향해 돌진했다.

쾅!

소리를 내며 나무줄기가 흔들렸고 그 충격으로 나뭇가지가 흔들리며 잎사귀를 떨구었다.

"이런 식으로 바람이 이것저것 도와주고 있어."

"아니, 잠깐만. 잠깐만 기다려봐."

나는 허둥지둥 지적했다.

카오스 워즈는 들렸다.

마법의 기본적인 원리도 알았다.

그래서 마법의 난해함도 잘 알 수 있었다.

"'이것저것' 도와준다고…?

그 마법은… 일단 바람을 주위에 두른 후, 경우에 따라서 가속에 쓰기도 하고, 공격에 쓰기도 하고, 방어에 쓰기도 한다는 말이지…?"

"응!"

"아니, 아니, 아니, 아니."

상황에 따라 하나의 마법이 공격, 방어, 이동을 모두 맡는다고?! 그런 일이 가능한 거야?!

일반적으로 마법은 출현시킨 힘에 간단한 일을 시키거나, 그 단순한 일을 두세 개 조합하는 정도가 고작이다.

가령 알기 쉬운 것이 플레어 애로.

불꽃을 출현시킨다. 날린다. 끝. 알기 쉽다.

힘과 작용을 조합하는 거라면 고속비행 마법인 레이 윙 같은 것은 '바람의 결계를 전개하고 앞에서 뒤로 분출해서 추진력으로 삼는다'는 것과 '땅에 대해 반발하는 힘을 만든다'는 것의 조합으로 구성되어 있다.

하지만 이런 식으로 '이것저것 도와준다'는 것을 실현하려고 하면 얼마나 많은 요소를 조합할 필요가 있는 건지….

그것들에 대한 자세한 지시를 전부 주문 안에 넣는다면 말할 것도 없이 영창은 엄청나게 길어진다.

하지만 그녀가 외운 것은 그렇게 긴 주문이 아니었다.

대신 영창에서 가장 길어질 만한 부분은 어느 한 문장으로 치환하고 있었다.

"란! 방금 주문에서 '진룡의 분신이자 하늘의 용. 그 가호로…' 라는 구절이 있었는데, 그건 다시 말해…

에어 로드(공룡왕)의 힘을 빌린 주문이라는 거지?!"

에어 로드 발원….

쉬피드의 힘을 나눠 받은 네 마리 용왕 중 하나.

지룡·화룡·공룡왕의 간섭이 차단된 '저쪽'에서는 그들의 힘을 빌린 마법을 전혀 쓸 수 없었지만 생각해보니 '이쪽'에서는 그런 것도 쓸 수 있을 터!

"응!"

순순히 인정하는 란.

이건… 마법사로서 이것저것 연구할 찬스!

"란! 그 마법, 나한테도 가르쳐줘!"

지적 호기심에 등을 떠밀려 기세 좋게 말하는 나였지만.

"…음…."

그녀는 떨떠름한 표정으로.

"그건 좋지만… 이걸 가르쳐준 엘프는 이 마법을 쓸 수 있으려면 궁합이 좋아야 한다고 했고… 만약 쓸 수 있다고 해도 처음에는 삐끗할 수 있어."

"삐끗할 수 있다고?"

의미를 알 수 없어서 되묻자 그녀는 고개를 끄덕이고.

"응~. 마법이 걸려 있을 때 '굉장히 빨리 달리고 싶다'고 생각하면 바람이 다리를 밀어주는데."

"흠흠."

"다리를 움직이는 게 늦어서 쓰러져도 계속계속 밀어줘."

"…이봐…?!"

"그러니까 굉장히 삐끗하게 되지."

"삐끗하는 정도로 안 끝나지 않아?! 그거?!"

"그럴지도~. 나도 처음엔 엄청 고생했거든~."

…이래선… 오히려 문제가 많은 마법 아닌가…?

그전에 그런 마법을 선뜻 란에게 가르쳐준 엘프. 좀 나와보지.

이것을 잘 구사하고 있는 란도 대단하긴 하지만… 지금 상황에서 가볍게 시험해볼 만한 마법이 아니라는 것은 잘 알았다.

"…아… 그럼 일단 주문의 구성만이라도 가르쳐줘. 삐끗으로 끝나지 않을 것 같으니 쓰고 싶지는 않지만, 분석은 해보고 싶으니."

"알았어~. 음, 그러니까…."

"아, 아니,

지금이 아니라 조금 사태가 진정되면 말야.

지금은 일단… 출발하기로 해."

내 말에.

"저요, 저요, 저요, 저요!"

다시 란이 손을 치켜들었다.

"그럼, 란."

"추적자에게 발각된 이유가 아직 분명치 않은데요."

"그렇긴 한데,

내가 꺼낸 말이긴 하지만…

생각해서 이유를 알 수 있다면 모를까… 그렇지 않다면 일단은 움직이는 것을 우선시하는 게 좋을 것 같아. 이유에 너무 집착하다 시간을 낭비하는 것은 주객전도가 되니 말이지.”

발각된 것이 우연일지도 모르는 것이다.

이를테면 북쪽 마왕(허접한 쪽) 토벌에 참가했던 병사들은 대부분 투구를 쓰고 있었다. 병사들은 내 얼굴을 기억하고 있겠지만 이쪽은 투구로 가려진 병사들의 얼굴을 기억하고 있지 않다.

그런 한 사람과 라노마 마을에서 마주쳤을 가능성도 없지는 않다.

“그럼 어느 쪽으로 갈 거야?”

란의 물음에 나는 이것저것 생각하면서.

“일단 동쪽이나 서쪽으로 가는 방법도 있겠지만… 그래봤자 이번처럼 발각될 때에는 발각되니까 차라리 그냥 북쪽으로 바로 가볼까 싶어.

너무 일을 키우고 싶지는 않지만 강행 돌파를 해서라도 이 나라를 빠져나갈 생각이야.”

“…결국 힘으로 해결하는 건가….”

한숨을 섞으며 가우리가 말했지만.

“무슨 소리야? 세상은 힘과 지혜를 하나만 쓰는 것보다 그 둘을 균형 있게 구사하는 게 중요하다고. 내 말이 틀려?”

“…으응, 틀리지 않… 을지도.”

따지고 드는 나에게 위축되는 가우리.

“지혜와 힘을 적절하게 분배해서 사용하는 것도 지혜야. 생각 끝에 실력 행사가 최선이라고 판단했다면 그것을 실행할 뿐인 거지."

"그렇군. 다시 말해 실력 행사가 바로 지략이라는 건가?"

"…그 요약은 좀 잘못되었다고 생각하지만…

아무튼 출발이야!"

""응!""

내 말에 가우리와 란 두 사람은 기세 좋게 대답했다.

하늘은 푸르고.

구름은 어둡고.

비스킷은 그저 딱딱할 뿐이다.

"딱딱해."

"딱딱하고 또 딱딱해."

"꽤 버거운 상대로군."

살랑거리는 바람이 부는 초지에 앉아 나, 가우리, 란 세 사람은 딱딱하기만 한 비스킷을 그저 우적우적 씹어대고 있었다.

라노마에서 습격을 받은 지 4일 후.

이쪽에 있어서는 뜻밖이게도….

추적자는 좀처럼 나타나지 않았다.

처음에는 가도를 북상하면 곧바로 추적자가 쫓아올 거라 생각했다.

그 추적자를 죽지 않을 정도로만 혼내주면 그들은 결과를 보고하러 귀환할 테고, 그 뒤 다음 추적대가 편성된다고 해도 이쪽을 따라잡을 때까지는 상당한 시간이 걸린다.

그 틈에 단숨에 북상하는 것도 좋고 길이 없는 곳을 통해 다른 루트로 북상해도 좋다.

이것을 되풀이해서 국경으로 가는 거다.

대충 그럴 생각으로 준비하고 있었는데 오늘까지 추적자가 나타나지 않고 있다.

혹시 우리들이 눈치 못 채게 미행하면서 이쪽의 빈틈을 노리고 있는 건가 싶어서 어젯밤은 유유히 여관에 묵어보기도 했지만 현재까지 아무 일도 없다.

그러는 사이에 여행은 순조롭게 진행되어 지금 있는 곳은 레니혼이라는 작은 마을.

…이 바로 전에 들른 마을에는 그럭저럭 괜찮아 보이는 식당이 여럿 있었지만 점심을 먹기에는 조금 일렀다.

점심때까지 관광으로 시간을 때울 수 있을 만큼 느긋하게 굴 수 없어서 다음에 있는 이 마을까지 걸음을 옮긴 것인데….

점심 무렵 도착한 이곳에는 식사가 가능한 곳이 없었다.

어쩔 수 없이 우리들은 하나밖에 없는 잡화점에서 보존식을 구입해서 마을 밖 초원에서 맛없는 그것을 먹고 있었다.

"리나, 이 육포도 먹어봐. 굉장히 딱딱해."

"정말이네. 배는 안 부르지만 왠지 가슴이 벅차오르는 것 같아…."

"리나 농, 그거 그냥 속이 안 좋은 거야."

우리들이 그런 화기애애한… 혹은 살벌한 시간을 보내고 있을 때….

"……?"

가우리가 말없이 자리에서 일어섰다.

"왜 그래? 역시 너무 딱딱해서 화가 난 거야?"

그렇게 묻다가… 나도 깨달았다.

소리가 이쪽으로 다가오고 있다는 것을.

…드… 드드… 드드드.

남쪽에서 다가오는 그 소리는 들은 기억이 있다.

수많은 말굽 소리가 대지를 울리는 소리!

"이쪽이야!"

나는 그렇게 말하고 일어나서 초지 근처에 있는 숲으로 달렸다!

"도망치는 거야?!"

함께 달리며 가우리가 물어왔기에.

"아니, 저 부근에서 요격하려고!"

대답하고 나서 역시 함께 달리기 시작한 란에게.

"란은 손대지 말고 그냥 나무 뒤에 숨어 있어!"

"뭐…? 하지만…."

"여기까지 말려들게 해놓고 이런 말 하기는 뭐하지만! 아무리 그래도 더 이상 말려들게 하고 싶지는 않아!"

왕국의 나에 대한 태도는 전혀 환영할 수 없지만 그렇다고 이곳이 사악한 나라인 것은 아니다.

방식이 옳았는지 어땠는지는 알 수 없지만 아무튼 나라의 안전을 생각해서 내린 판단이었을 테니까.

하물며 상부의 명령에 따르고 있을 뿐인 병사와 기사가 상대라면.

나 자신에게 튄 불똥은 주저 없이 털어낼 생각이지만 나 때문에 란까지 싸우는 것은 아무리 그래도 좀 그렇다고 생각한다.

"…그럼 당분간 상황을 살피고 있을게…."

마지못해 중얼거리는 그녀.

숲 근처에 도착하자 란은 얌전히 나무 뒤로 몸을 숨겼고 나와 가우리는 몸을 돌려 요격 태세를 취했다.

그곳에….

ㄷㄷㄷㄷㄷㄷㄷㄷㄷ!

민가 너머에서 모습을 드러낸 것은 대략 20기 정도의 기마!

이쪽 모습을 확인했는지 선두의 한 기가 한 손을 들어 올리고.

"멈춰라아아아아아아!"

…음? 어딘가에서 들은 목소리네?

기마대는 조금 거리를 두고 우리들과 대치했다.

도보로라면 그럭저럭 거리가 있지만 기마로 내달리면 금방 사정거리에 들어올 만한 거리….

"드디어 찾았다! 이 역적들!"

기마대 선두에 있는 인물… 이름은 모르겠지만 은창기사단의 단장을 맡고 있는 그가 우리들을 향해 소리쳤다.

아, 그러셔? 드디어 역적 취급인가?

"며칠 전에는 무슨 속셈인지 라노마 마을에서도 소란을 일으킨 모양이더군! 선량한 마을 사람들이 겁을 먹고 있었다! 죄 없는 사람들을 두려움에 떨게 한 죄는 결코 가볍지 않다는 것을 알아라!"

"…라노마에서는 너희들이 보낸 자객이 공격한 거였잖아!"

호통을 치는 기사단장에게 소리치는 나.

"우리들이 보낸 자객이라고? 시치미 떼는 것도 정도껏 해라!"

시치미를 떼고 있는 게 어느 쪽인지 원…. 아니, 혹시 자객들과 기사단은 명령 계통이 달라서 정말로 모르는 건가?

어찌됐건 대화로 해결하는 것은 무리일 것 같다.

그렇다면 결국 이 방법뿐이군.

나는 속으로 주문을 외우기 시작했다.

"얌전히 포박되면 좋았을 것을, 뻔뻔한 거짓말로 책임을 회피하려 하다니 악랄하기 짝이 없구나! 더 이상 용서는 없다! 전원 포위하라!"

명령에 기사단은 기마의 전개를 시작했지만… 늦다!

단장이 말하고 있는 사이에 이쪽 주문의 영창은 끝난 상태였다!

나는 그 자리에 한쪽 무릎을 꿇고 오른손을 땅에 댄 채 〈힘 있는 말〉을 해방했다!

"브 브라이머!"

땅울림 소리와 함께 대지가 흔들렸다!

방금 전까지 우리들이 앉아 있던 작은 초원이 뒤틀리고 부풀어

올라 거대한 인간 형상이 만들어진다!

…베피모스의 힘을 빌려 골렘을 만들어내는 마법이다. 힘은 센 대신, 움직임이 둔하고 단순한 명령밖에 듣지 않지만 이것도 쓰기 나름이다.

실제로.

뒤틀린 대지에서 만들어지고 있는 흙 거인을 난생처음 본 기사단의 면면들은 완전히 혼란에 빠졌다.

"뭐냐? 이건!" "거인?!" "이런 요상한?!" "어떻게 이런 일이……!"

혼란에 의해 통제가 흐트러지자 말들이 놀라 날뛰기 시작했다.

이윽고 초원의 땅을 재료로 한 탓에 몸 전체에 풀이 돋아나 있는, 조금 푹신해 보이는 골렘이 완성되었다!

"골렘!"

나는 명령을 내렸다!

"춤을 춰!"

…우드득 콰드득….

명령에 따라 삐걱삐걱 소리를 내며 골렘은 손과 발 등을 마구잡이로 움직이기 시작했다.

그 모습이… 춤으로 안 보이는 것도 아니지만… 여기선 베피모스의 춤 센스를 책망하기보다는 나 자신의 무리한 요구를 반성해야 할 것이다.

하지만 기사단에게는 이해할 수 없는 공포 외에 아무것도 아닌 듯했다.

"당황하지 말고 대열을 유지해라!"

기사단장이 필사적으로 소리치고 있지만 얼마나 많은 기사가 듣고 있을지.

그 혼란에 편승하여….

"프리즈 애로!"

나는 마법으로 만들어낸 십여 개의 냉기 화살을 혼란에 빠진 기사단 한복판에 쏘았다! 혹시 말에 맞는다면 미안!

비명이 터지며 혼란이 더 확산되었다.

계속해서 다시 주문을 외우기 시작했을 때….

"너… 이 녀석!"

단장이 나를 노려보았지만 도저히 접근할 수 있는 상황이 아니다. 그리고 내 곁에는 가우리까지 있다….

"…리나!"

…그것들은 눈 깜짝할 사이에 일어났다.

가우리의 외침.

번뜩이는 살기.

가우리가 나를 안고 옆으로 이동한 직후….

콰앙!

진홍색 불꽃이 작렬했다!

혼란의 와중에 누군가가 옆에서 나에게 불꽃 마법을 쏘았고 한 박자 빠르게 그것을 간파한 가우리가 나를 구해준 것이다.

불꽃이 나무줄기를 휘감고 나뭇잎과 풀들을 불태웠다.

밀려온 열풍이 뺨을 스치고 머리카락을 휘날리게 했지만 별 피해는 없었다.

"고마워, 가우리!"

가우리의 품에서 내려와 공격이 날아온 방향으로 눈길을 돌려보니 나무들 사이에 서 있는 붉은 로브 차림의 인물.

…저건… 라노마 마을의?!

기사단으로 주의를 끌고 허를 찌를 생각이었나?!

하지만.

"…너 이 녀석! 동료가 또 있었던 거냐?!"

그것을 본 기사단장은 살기 섞인 목소리를 냈다.

아니, 방금 공격은 완전히 이쪽을 노리고 있었잖아!

하지만 상황을 오인하고 있다고 해도 그런 말이 나오는 것을 보면 기사단 쪽은 정말로 이 로브 차림의 인물에 대해 모르는 듯하다.

그렇다면… 서로 싸우도록 유도할 수도 있을 터.

"가우리! 일단은 로브 녀석부터야!"

"응!"

두 사람은 나무 사이로 보이는 로브 차림의 인물을 향해 달려갔다!

"이 녀석들, 놓칠 것 같으냐!"

우리들의 움직임을 같은 편과 합류하는 것으로 착각했는지 소리치고 고삐를 휘두르는 기사단장. 하지만 말은 춤추는 골렘과 불꽃에 겁을 먹어서 전혀 말을 듣지 않았다.

참지 못하고 말에서 내린 후.

"너희들! 내려와서 따라와라!"

명령을 내리자 옆에 있던 기사 몇 명이 말에서 내렸다.

앞에는 붉은 로브 차림의 인물. 뒤에는 쫓아오는 기사들.

그 둘이 일직선상에 위치하도록 나와 가우리는 로브 차림의 인물을 향해 내달렸다!

우리들이 몸을 피하면 로브 차림의 인물의 공격 주문은 뒤에 있는 기사들에게 맞게 된다. 아무리 그래도 섣불리 쏘지는….

쏘아왔다아아아아아!

로브 차림의 인물이 만든 빛의 구슬에서 대여섯 줄기의 빛이 만들어져 이쪽을 향해 날아왔다!

라노마에서 습격했을 때에도 보여준 마법! 역시 그때와 같은 로브 남자인가!

하지만 그때에는 옥상 위였고, 지금은 골렘을 만들어낸 탓에 다소 거칠어져 있긴 하지만 평범한 땅이므로 피하는 것은 그리 어렵지 않다!

나와 가우리는 좌우로 도약해서 몸을 피했고….

뒤에서 기사들의 비명이 터졌다.

이 로브 남자는 같은 편이 공격에 말려들어도 상관없는 건가?!

동시에.

살기가 번뜩였다.

본능적으로 눈길을 돌려보니 조금 떨어진 나무 사이에 다른 붉은 로브의 모습!

그 앞에는 이미 십여 개의 빛의 창이 만들어져 있다!

이쪽이 정면의 공격을 피한 순간을 노리고 있었나?!

두 번째 로브가 빛의 창을 쏘려던 바로 그 순간!

퍽!

"크윽!"

옆에서 란이 찌른 곤에 얻어맞고 크게 몸을 뒤로 젖히며 비명을 흘렸다.

목소리로 보건대 이쪽은 여자. 빛의 창은 그 여파로 엉뚱한 곳으로 날아가 땅과 나무들을 파괴했다.

손을 대지 말라고는 했지만… 덕분에 살았다!

나와 가우리는 순간적으로 힐끔 눈빛을 교환한 후, 달려가는 곳을 처음의 로브 남자에서 란 근처에 있는 상대로 변경했다!

그리고 나는….

"에르메키아 란스!"

처음 로브 남자에게 쏠 생각으로 외우고 있던 주문을 란의 일격으로 자세가 무너진 로브 여자를 향해 쏘았다!

상대의 정신에 대미지를 주는 마법으로, 인간이 맞으면 기절은 필수!

여자는 그것을 깨닫자….

“크!”

혀를 차며 왼손을 휘둘렀다!

파직!

그 일격에 소리를 내며 흩어지는 마법!

…아닛…?!

팔로 털어낸다고 절대 안전한 것은 아니다. 그런 짓을 했다간 보통 사람이라면 기절한다.

하지만 여자는 약간 비틀거린 정도에 그쳤다.

팔에 방어용 매직 아이템이라도 장착하고 있는 것인지, 아니면 다른 이유가 있는 것인지.

허나 그때 가우리가 속도를 높여 단숨에 접근했다!

“이 자식!”

여자가 방어 자세를 취했지만… 아직 가우리를 얕보고 있다!

가우리는 거기서 더욱 가속해서 단숨에 품속으로 파고들더니 칼자루를 상대의 명치에 박았다!

그러나.

“…아닛?!”

소리치고 뒤로 물러난 것은 오히려 가우리 쪽이었다!

무슨 일이 있었는지 내 위치에서는 보이지 않았는데….

“리나!”

가우리가 소리쳤다.

"이 녀석들…."

하지만 그가 말을 끝내기도 전에.

…타다다다다닥!

땅을 차는 소리가 이쪽으로 접근했다!

그쪽으로 눈길을… 우와앗?!

눈길을 돌려보니 로브 남자가 있던 방향에서 내 쪽을 향해 달려오는 늑대 한 마리!

아니, 저걸 늑대라고 해도 될지 모르겠다. 외형은 완전히 늑대지만 아무튼 사이즈가 말보다도 크다!

그보다 이렇게 큰 녀석이 갑자기 어디서 튀어나온 거지?! 나무들이 어느 정도 시야를 차단하고 있다고는 해도 주위에 있었다면 금방 알아챘을 텐데!

아무튼 이 녀석의 노림은 확실히 나! 살기로 찬 눈동자는 완전히 이쪽을 포착하고 있다!

"리나?!"

가우리가 몸을 돌렸지만 아마 제시간에 도착하지는 못할 것이다! 그리고 내 실력으로는 이런 크기의 녀석을 검으로 요격하는 것도 불가능!

그렇다면…!

달려들던 그것이 송곳니를 드러낸 순간….

나는 도망치지 않고 늑대 발밑을 향해 머리부터 바닥에 슬라이딩을 했다!

딱! 하고 머리 뒤에서 이빨과 이빨이 마주치는 소리! 거대한 사지가 땅울림 소리를 내며 엎드린 내 위를 통과했다!

허둥지둥 몸을 일으키자 가우리가 달려와서 검을 겨누었다.

거대한 늑대는 나무들 사이에서 절묘하게 방향을 바꿔 다시 이쪽으로 몸을 돌렸지만….

"프리즈 애로!"

그 순간을 노려 나는 외운 주문을 해방했다!

주변 나무들과의 틈새를 고려하면 늑대의 체격상 도저히 피할 수 없다!

우오오오오오오옹!

그것을 본 늑대는 포효했고….

그 직후 거대한 짐승 앞에 출현한 연붉은 색깔의 방패가 내 마법을 모두 막아버렸다!

방어 마법?!

주위에 있는 로브 녀석들 중 누군가가 걸어준 게 아니라 늑대의 목소리에 의해 마법이 발동한 것처럼 보였는데….

그때.

"…뭐… 뭐냐?! 저건!"

소리친 것은 기사단 중 누군가였다.

아무래도 기사단원들은 골렘이 공격하지 않는다는 것을 깨닫고 혼란에서 벗어난 듯했지만 이번에는 있을 수 없는 크기의 늑대에 놀라고 있는 듯했다.

"어디서 나타난 거냐?!"

나와 같은 의문을 누군가가 흘리자….

"저 마법사가! 마법으로 불러낸 게 틀림없어!"

다른 누군가가 내 쪽을 보며 말도 안 되는 추측을 내뱉었다.

그 순간.

늑대가 웃은… 듯했다.

몸을 돌리더니 돌연 기사들을 향해 내달린다!

"왔다!" "겁먹지 마라!" "요격해라!"

아직 무사한 기사들은 말 등에서, 혹은 말에서 내린 상태에서 당황하면서도 어떻게든 대열을 짜려고 했다.

하지만 쌍방이 접촉하기도 전에.

오옹!

늑대가 다시 한번 포효했다!

만들어진 십여 줄기의 불꽃 화살이 병사들을 향해 쏘아진다!

"우와아아아아앗?!"

겹쳐지는 기사들의 비명.

늑대는 혼란에 빠진 그들 사이로 뛰어들더니 가까운 곳에 있는 기사 한 명의 팔을 입에 물고 그대로 아무렇게나 집어던졌다.

그리고 다른 한 명에게 눈길을 돌렸지만….

"레겐넬!"

울려 퍼진 로브 남자의 목소리에 늑대의 움직임이 우뚝 멈추었다.

"…놀지 마라!"

그 질타에 레겐넬… 이라 불린 거대한 짐승은 기사단과 거리를 조금 벌린 후 이쪽으로 다시 몸을 돌렸다….

하지만 그때.

"놓칠 것 같으냐아아아아!"

옆에 쓰러져 있던 기사 한 명이 몸을 일으킴과 동시에 늑대의 옆구리를 향해 검을 휘둘렀다!

쿠오오!

늑대는 소리치며 뒤로 물러섰다. 별로 피해를 입은 것처럼은 보이지 않았지만, 그래도 조금은 아팠던 모양인지 분노의 시선을 기사에게 돌렸고….

크아아아!

다음 순간 사이클롭스가 팔 하나를 휘둘러 기사를 저 너머로 날려 버렸다!

"…아닛…?!"

그것을 목격한 기사들이 소리쳤다.

당연한 일이었다.

거대한 늑대가 한순간에 사이클롭스로 변화한 것이다.

당연히 이런 것이 평범한 늑대나 사이클롭스일 리 없다.

레겐넬이라 불린 녀석은 아마 무언가의 술법을 써서 늑대와 사이클롭스로 변신한 것이다.

…이튿에.

나, 가우리, 란이 연계해서 로브 여자를 해치우는 게 아마 정답일 터.

하지만.

"블래스트 애시!"

쿠웅!

내가 마법으로 만들어낸 검은 무언가가 사이클롭스 근처에 출현했다.

본래는 그 검은 무언가가 표적을 집어삼켜야 했는데… 빗나가고 말았다.

마법이 발동하는 곳과 타이밍을 알고 있기라도 한 것처럼 몸을 틀었던 것이다. 우연이 아니라 명백히 무언가를 피하는 듯한 동작으로.

"…어째서…?"

그것을 보고 중얼거린 것은 기사단장.

로브 남자의 공격에 피해를 입은 듯하지만 그래도 비틀비틀 몸을 일으키고.

"너희들… 같은 편이 아니었던 거냐…?"

"이 녀석들은 라노마에서 습격한 녀석들이야. 오히려 나는 너희들 편일 거라 생각하고 있었는데."

사이클롭스와 로브 일당에게서 눈을 떼지 않은 채 나는 말했다.

"그럴 리가….

하지만 같은 편이 아니라면 우리들이 싸우는 것을 방해할 이유는 없을 텐데…?"

확실히 기사단은 추적자고 로브 일당도 적이니까 추적자와 적이 싸우는 것은 대환영! 이라 말하고 싶지만….

"녀석의 태도를 보고 알아버렸거든. '아, 이 녀석 기사단을 전멸시켜 나에게 뒤집어씌울 생각이군'이라고 말야.

의도대로 하게 내버려두는 것도 화나는 일이라 방해했을 뿐이야."

"…우리들이… 패배한다는 거냐…?"

단장은 허세를 부렸지만 이미 기사단은 만신창이였다. 제대로 싸울 수 있는 사람이 몇 명이나 될지.

그것은 지적하지 않고서 나는 사이클롭스를 몸짓으로 가리킨다.

"애당초 너희들, 저런 녀석과 싸울 수 있는 장비와 편성이 아니잖아?"

"…선심을 베풀 생각인가…."

"아니라니까."

"…어찌 됐건 우리들은 너희들에 대한 입장을 바꾸지 않을 거다…."

"알고 있어. 그런 것은."

즉답에 단장은 침묵했다.

"…뭐, 멋대로 날뛰는 녀석을 그냥 방치하는 건 우리들과 안 맞긴 하지."

그렇게 말하고 내 옆에 서는 가우리.

"저기, 그 말은…."

란도 자신의 오른쪽 어깨를 곤으로 툭툭 치면서 우리들 쪽으로 다가오더니 로브 일당 쪽으로 몸을 빙글 돌리고.

"저쪽 상대라면 내가 참가해도 된다는 거지?"

"오케이."

그렇게 말하고 나는 엄지를 세워 보였다.

"…완전히 노림을 간파당했군, 레겐넬."

로브 남자가 사이클롭스를 놀리듯 말했다.

"늑대가 된 후에도 표정이 너무 잘 드러나서 그런 거다."

『시끄럿.』

사이클롭스… 아니, 지금은 사이클롭스 모습을 한 레겐넬이라는 이름의 누군가는 인간의 언어로 불만을 흘렸다.

말을 하는 사이클롭스는 보통이라면 놀랄 만한 존재지만 상대는 이미 거대한 늑대에서 사이클롭스로 변신한 바 있으니, 말을 한다고 해서 새삼 놀랄 일도 아니다.

여전히 춤추고 있는 골렘이 슬슬 신경에 거슬렸는지 다가가서 팔로 일격에 분쇄한 뒤.

『딱히 상관도 없잖아. 어차피 할 일은 변함없으니까. 안 그래? 가르도바.』

"안 그래. 그렇다고 놀아도 되는 건 아니야. 애초에 '할 일'을 아직 해내지 못했고 말이지."

로브 남자… 가르도바는 말했다.

『칫, 고지식하군.』

레겐넬은 불만스럽게 내뱉었다….

"…그나저나."

나는 녀석들에게 눈길을 돌리고 소리쳤다.

"너희들 결국 정체가 뭐야? 설마 일을 이만큼 키워놓고 죄송합니다, 상대를 착각했어요, 이러는 건 아니겠지?"

무시당할 줄 알았지만….

"…착각…?"

가르도바가 대답했다.

"착각을 할 리 없지.

내려왔으니 말야. 신탁이…."

"…신탁이라고…?"

나는 미간을 좁혔다.

'저쪽'에서 쓰이던 신탁이라는 말에는 대략 두 종류가 존재했다.

하나는 무녀 등이 받는 진짜 신탁. 이것은 꼭 필요한 정보가 오는 것은 아니지만 틀림없는 사실만을 알려준다.

또 하나는 '아마 틀림없을 거라는 직감'. 이쪽은 단순한 감이기에 실제로는 완전한 착각일 경우도 있다.

그럼 그들이 말하는 '신탁'은…?

“그래! 신탁이다!”

가르도바는 드높이, 그리고 자랑스럽게… 말했다.

“이르기를, 마에 의해 봉인된 땅에서 혼돈을 그 몸에 강림시킨 자가 이 땅에 나타나 혼란을 초래한다고 했다.”

4. 국경으로 가는 길에 기다리고 있었던 것은…

일찍이.

나는 고위 마족 중 한 명인 헬마스터 피브리조와 대치했을 때 마법의 제어에 실패해서 이 몸을 일시적으로 혼돈에 넘긴 적이 있었다.

혼돈… 다시 말해 모든 존재의 근원, 로드 오브 나이트메어.

결국 혼돈은 어딘가로 돌아갔고 나는 본래의 나로 돌아왔지만….

그렇다.

가르도바가 이야기한 신탁은 완전히 나를 가리키고 있었다.

이것저것 오해를 사기 쉬운 표현으로 되어 있기는 하지만 거짓은 없다.

아니, 사람 잘못 봤어. 난 모르는 일이야 하고 시치미를 떼기는 쉽지만 로브 녀석들을 상대로 그게 통할 거라고는 생각하기 힘들다.

조금… 사정이 이해되기 시작했다.

가르도바 일당은 루지르테 왕국의 추적자가 아니라 다른 곳에서 보낸 녀석들.

소속 등은 아직 불명이지만….

무언가의 신탁을 진실로 받아들이고 세상을 위해, 사람을 위해, 세계의 평온을 위해 나의 목숨을 노리고 있는 것이다.

우선 밤거리에서 습격을 했는데… 이것은 우리들을 너무 얕보다 실패.

그러다 우리들이 루지르테 왕국에 쫓기고 있다는 것을 알자 그것을 이용하기로 했다.

추격한 기사단이 우리들을 쓰러뜨리면 된다고 생각해서 얼마간 지켜보고 있었는데 기대했던 기사단은 골렘 따위에 우왕좌왕하는 꼬락서니.

그래서 참지 못하고 개입한 것이리라.

…그렇다고 해도 이 녀석들, 수단을 너무 안 가리고 있다!

"…짚이는 게 있는 모양이로군."

이쪽 반응을 확인하듯 얼마간 침묵한 후 가르도바는 말했다.

"…리나 놓은 혼란을 초래하는 인물인 거야?"

빈틈없이 상대를 응시한 채로 란이 물었다.

NO라고 대답하고 싶지만….

"…루지르테의 기사단과 정체불명의 로브 일당에게 쫓기고 있는 것부터가 이미 실제로 혼란을 초래하고 있으니 부정은 할 수 없네…."

그런 의미에서 보면 이미 신탁은 이루어지고 만 셈이다.

"이쪽은 단순히 걸어온 싸움을 받아들였을 뿐인데 말야.

모두가 나에게서 손을 떼거나, 우리가 고향으로 돌아가는 것을 도와준다면 전부 평화롭게 끝날 거라고."

"웃기지 마라."

내 제안을 가르도바는 일축했다.

"신탁은 절대적인 것이다. 실제로 혼란이 일어났으니 신탁은 이미 이루어졌다고도 할 수 있지만 정말로 이걸로 끝인 걸까? 이 이상의 혼란이 일어나지 않는다는 보장이 있는 거냐고?

—없어.

사태를 안일하게 보다가 혼란이 확대되고 나서 후회해봤자 늦는다.

신중을 기할 거라면 네 녀석을 제거하는 게 가장 합리적인 수단이지."

"…그냥 너희들이 신탁을 확대 해석해서 오히려 혼란을 가중시키고 있을 뿐이라는 생각이 드는데?"

"그렇든 아니든 너만 사라지면 혼란도 사라진다."

『—이봐. 이제 됐잖아, 가르도바.』

참을 수 없게 되었는지 옆에서 끼어드는 레겐넬. …나는 좀 더 이것저것 정보를 얻어내고 싶었는데….

『어찌 됐건 해치우는 것에 변함은 없으니까.』

"…그래…."

라고 말한 것은 로브 여자였다.

가르도바 쪽으로 걸어가면서 로브와 마스크를 벗는다.

그 밑에서 드러난 것은 긴 흑발과 20세 전후로 보이는 반듯한 … 너무 반듯해서 미인이라기보다는 어딘지 인공적으로 보이는 여자의 얼굴.

"시시한 이야기는 해야 할 일을 끝마친 후에 하라고."

"방금 신탁을 시시하다고 한 거냐?! 불경하구나, 네르픽!"

"신탁을 시시하다고 한 건 아니야."

여자… 네르픽은 내 쪽을 응시한 채.

"어차피 처리할 상대에게 이것저것 이야기를 하는 게 시시하다고 한 거지!"

소리친 후 땅을 박차고 이쪽으로 달려들었다!

『동감이야!』

레겐넬도 걸음을 내딛었다.

가우리와 란은 앞으로 나섰고, 나도 주문을 외우기 시작….

가장 먼저 나의 영창이 완성되었다!

하늘을 가리키며 〈힘 있는 말〉을 작은 목소리로 해방!

손끝에 빛의 구슬이 만들어진 후….

터졌다!

내가 쓴 것은 라이팅 마법. 밤에 불빛을 비추기 위한 마법이지만 그것을 약간 변형시켜 지속 시간을 거의 제로로 만든 대신, 광량을 최대로 조절해두었다! 쉽게 말해 눈을 멀게 하는 마법!

위치상 가우리와 란은 직시할 수 없지만 로브 일당은 경계를 위해 주시하고 있었을 터!

“…큭!” 『읏?!』

신음하는 네르픽과 레겐넬!

밤에는 효과가 절대적이어서 얼마간 상대의 시야를 빼앗을 수 있지만 낮의 태양에 익숙한 눈에는 잠깐 눈이 부신 정도로 끝날 것이다.

하지만 그것으로 충분하다!

상대가 위축된 그 한순간에 가우리는 레겐넬에게, 그리고 란은 네르픽에게 달려갔다!

섬광 때문에 순간적으로 움직임을 멈춘 네르픽과의 거리를 단숨에 좁힌 후, 들고 있던 곤으로 찌르는 란.

퍽!

그것은 정통으로 네르픽의 가슴 한복판을 때렸다!

“큭!”

아까 가우리에게서 칼자루로 명치를 맞았을 때조차 아무 소리도 내지 않았던 네르픽은 이번엔 신음 소리를 내고 몇 발짝 뒷걸음질을 쳤다.

단순한 찌르기는 아니었을 것이다. 아마 찌른 순간 바람을 실어 위력과 충격을 증폭시켰을 터.

“너 이 녀석…! 그 막대기는 대체 뭐냐…?!”

동요하는 기색으로 보아 방금 것은 제법 통한 듯하다.

“뉴흥♪”

그 물음에 란은 의기양양한 얼굴로 곤을 빙글빙글 돌리면서.

"1500년간 마력을 흡수해서 자란 나무의 심지로 만든, 그 나무의 역사라 할 수 있는 무기지…."

그녀의 설명을 듣고 나는 어떤 것을 연상했다.

일찍이 '저쪽'에 존재했던 독기를 흡수하는 거목과, 그 심지로 만들어진 한 자루 검을.

검과 곤의 차이는 있지만 란이 들고 있는 것은 그것과 동질의 것이라는 건가?!

그녀는 오른손의 곤을 드높이 하늘로 치켜들고.

"…이름하여 굉장한 막대기!"

"그게 이름이냐!"

네르픽이 무심코 외친 말은 놀라울 만큼 내 마음속 목소리와 일치했다.

그런 엄청난 무기면 뭔가 굉장한 이름을 붙여주라고.

"굉장한 막대기를 무시하지 마!"

라고 소리치며 란이 땅을 박차자.

"무시한 것은 무기가 아니라 네 녀석의 센스다!"

네르픽 또한 땅을 박찼다.

센스 면에서는 네르픽 쪽에 동의하는 바로군.

다시 란이 곤으로 찔렀지만 이번엔 네르픽도 피했다.

그러나 피했다… 싶은 순간 란의 찌르기가 그대로 옆으로 휘둘러졌고.

그것을.

붉은 로브 밑에서 나타난 검은 발톱이 튕겨냈다!

갈고리가 달린 건틀릿이려나? 아까 가우리를 물러나게 한 것은 아마 이것이었을 것이다.

그 갈고리에 붙잡히기 전에 란은 곤(막대기라고 부르고 싶지는 않기에 저건 그냥 곤이다)을 뒤로 빼고, 찌르고, 반대로 휘두르고, 쳐올리며 잇달아 고속으로 연속 공격을 펼쳤다.

몸에 두른 바람 마법으로 속도와 파워를 증폭시키고 있는 거겠지만 자칫 잘못하면 자신의 몸을 망가뜨릴 수도 있는 술법을 이런 속도로 제어하고 있는 것은 정말 경탄할 수밖에 없다.

반면 네르픽은 간신히 그것들을 막아내고는 있지만 조금씩 조금씩 밀리기 시작했고….

"오오오오!"

네르픽이 포효함과 동시에 란의 뒤에서 빛의 구슬이 출현했다!

사각에서 들어가는 공격인가?! 아니면 란을 무시하고 이쪽을 공격하려는 수작?!

하지만 그 대답이 나오기도 전에.

퍼억!

마치 뒤가 보이기라도 한 것처럼 란은 아무렇지도 않게 곤을 휘둘러 빛의 구슬을 박살 냈다!

개의치 않고 앞으로 파고드는 네르픽. 갈고리와 곤이 충돌하며 딱딱하고 마른 소리가 울려 퍼졌다.

그 순간….

네르픽의 긴 흑발이 순식간에 딱딱해지더니 거대한 갈고리로 변해 좌우에서 란에게 달려든다!

…피할 수 없다…!

그렇게 보인 순간.

퍽!

도망치지 않고 파고든 란의 박치기가 네르픽을 크게 휘청거리게 했다.

사이클롭스로 변한 레겐넬은 민가 2층 창문을 들여다볼 수 있을 만큼 컸다. 가우리와는 말 그대로 어른과 어린애의 체격 차.

레겐넬 입장에서는 눈이 먼 타이밍에 조그만 녀석이 공격했다는 정도의 인식이었을 것이다.

그래서 대수롭지 않게 팔을 치켜들었지만….

"피해라, 레겐넬!"

그때 울려 퍼진 가르도바의 목소리에서 무언가를 느꼈는지.

『오오오?!』

위로 도약했다.

사이클롭스와는 진혀 이울리지 않는 도약력으로 높이 점프하더니 그 정점에서 네 개의 날개를 가진 거조로 변신했고, 그대로 도약은 비상으로 변했다!

내가 모르는 생물이다. '이쪽'에는 이런 녀석도 있는 건가. 네

개의 날개를 능숙하게 이용해서 하늘의 한 점에 몸을 고정하고 있다.

『…뭐… 뭐지?』

레겐넬은 순간적으로 지시에 따르기는 했지만 사태를 잘 이해하지 못한 듯했다.

…이쪽을 얕보고 그대로 팔을 휘둘렀다면 십중팔구 가우리에 의해 단칼에 두 동강이 났을 것이다.

전에 딱 한 번, 단시간이지만 가우리를 상대했던 가르도바는 무시할 수 없는 상대라는 것을 깨닫고 레겐넬에게 경고를 한 것이리라.

치잇! 쓸데없는 짓을!

…하지만!

나는 외우고 있던 다음 마법을 해방했다!

"파이어 볼!"

만들어진 빛의 구슬은 공중에 있는 레겐넬을 향해 날아갔다!

닿으면 폭발해서 불꽃이 터지는 마법이지만….

『그딴 것에 맞을 것 같으냐?』

시력이 이미 회복되었는지 코웃음을 치고 손쉽게 피해냈다.

…뭐 그건 그럴 것이다.

어쩌면 변신해서 하늘로 도망칠지 모른다는 것도 고려해서 만들었기에, 평범한 파이어 볼이 아니라 이것저것 변형을 해놓았다.

빛의 구슬이 레겐넬의 시야에서 벗어나자 나는 마법의 궤도를 제어해서 뒤에서….

"뒤다!"

가르도바의 경고가 나올 것도 이미 계산해두었다!

"브레이크!"

내가 손가락을 딱! 튕긴 순간.

콰아앙!

몸을 비틀려고 했던 레겐넬의 근처에서 빛이 터지며 불꽃을 흩뿌렸다!

어레인지는 마법의 궤도를 조종하는 것뿐만 아니라, 어디서 터뜨릴지 하는 것도 자유다!

『크악!』

레겐넬이 입 밖에 낸 것은 주문 영창이 아니라 고통의 비명.

새로 변신한 것이 불운이었다. 타기 쉬운 깃털이 불꽃에 휩싸인 채 그대로 땅으로 추락한다.

하지만.

『우오오오!』

추락 직전 그 모습을 거대한 거미로 바꾸어 간신히 자세를 유지한 채 땅에 내려섰다.

그것을 가우리가

베어버리려 한 순간….

하늘을 무수한 불꽃의 창이 가득 채웠다!

…뭐지…?! 이 광범위 마법은?!

"…셀레스티얼 플레어…."

전장에 울려 퍼진 것은 가르도바의 목소리!

"떨어져라."

명령에 따라 하늘에서 무수한 불기둥이 대지를 향해 강하한다!

공격 범위는 자신 외의 전원?!

이 녀석?! 설마 같은 편까지?!

불꽃이.

콰과과과과과과과과과!

…떨어졌다.

나뭇잎과 풀은 불탔고 땅은 그슬렸으며 주위에는 열기가 흘러 넘쳤다.

공격을 중단하고 몸을 피하는 가우리. 란과 네르픽은 아직 계속 싸우고 있지만 운 좋게 한 발도 맞지는 않았다.

그리고 레겐넬은….

『구오오오오오오오!』

외침 소리와 함께 거대한 한 마리의 딱정벌레로 변했다!

그 등에 불꽃이 내리 꽂혔지만 그 거대한 몸에는 별 타격이 아닐 것이다.

한 발 한 발은 그리 고온인 것도 아닌 듯했지만 쏟아지는 불꽃에 공기가 불탔고 피부가 따끔거렸으며 숨을 쉬면 폐가 아파왔다.

하지만 레겐넬의 움직임이 완전히 멈춘 지금이 기회려나?!

나도 어떻게든 몸을 피하면서 폐의 통증을 참고 주문 영창을 개시했다!

—황혼보다 어두운 자여. 피의 흐름보다 붉은 자여….

"마왕의 주문?!"

경악해서 소리치는 가르도바.

거리가 꽤 떨어져 있을 텐데 이쪽 영창을 들은 건가?!

그렇다! 내가 외우고 있는 것은 루비 아이 샤브라니구두의 힘을 빌린, 거룡조차 해치우는 마법!

무차별 광범위형 마법이긴 하지만 잘만 사용하면 문제는 없다!

표적은….

—나와 그대가 힘을 합쳐 동등한 멸망을 가져다줄 것을…!

딱정벌레로 변한 레겐넬!

짝! 하고 손뼉을 한 번 치자 내 의도를 깨달은 가우리는 크게 뒤로 물러나 거리를 벌렸고 .

"드래곤 슬레이브!"

내가 해방한 〈힘 있는 말〉에 따라 붉은색 빛은 레겐넬에게 모여들었다.

하지만 그곳에 흰 빛이 진을 그리며 다시 여러 겹으로 겹쳐졌다!

붉은색 빛은 본 기억이 있지만 흰 광진은 뭐지…?

콰아아아앙!

폭음이 대기를 울리며 나무들을 뒤흔들었다.

작은 성이라면 통째로 날려버릴 수 있는 마법이다. '저쪽'에서도 이것을 쓸 수 있는 마법사를 보유하고 있는 나라는 발언권이 좀 세진다고 할 정도.

하물며 '이쪽'에서 이런 것을 보였다간 엄청난 사태가 벌어질 것 같아서 지금까지 쓰지 않았지만 이미 충분히 엄청난 사태가 벌어졌으니 딱히 상관없을 터.

레겐넬을 기점으로 한 폭발이 훨씬 뒤에 있는 가르도바까지 말려들게… 할 생각으로 쏜 일격이었는데….

…오… 오오오오오오….

폭음의 여운 속에 섞여 들려오는 것은 낮은… 낮은 신음 소리.

『오오오오오오오오…!』

이윽고 흐려지는 연기 속에서 드러난 것은 몸부림치며 신음하는 레겐넬의 그림자.

방금 그걸 견뎌냈다고?! …아니, 술법으로 막은 건가?!

"레겐넬?! 가르도바?!"

란과 크게 거리를 벌리고 이름을 부르는 네르픽에게….

"…과연… 마왕의 주문이로군…. 완전히 막아내진 못한 건가……."

여전히 모습은 보이지 않은 채 고통을 견디는 가르도바의 목소리.

"…여기선 일단… 후퇴한다…."

『…어쩔 수 없군….』

"알았어!"

레겐넬의 대답에 이어 네르픽도 대답하고 흙먼지 속으로 달려갔다.

…이런, 놓칠 것 같으냐!

나는 다시 한번 주문을 외우려 했지만….

갑자기.

흙먼지 속에 떠올라 있던 레겐넬의 그림자가 사라지더니….

콰아!

격렬한 바람과 함께 흙먼지를 가르고 한 쌍의 거대한 검은 날개가 펼쳐졌다!

…저것은…!

날갯짓 한 번으로 더 큰 폭풍을 만들어내면서 거대한 몸이 허공으로 날아오른다!

"…드래곤?!"

기사단장의 경악한 목소리.

그렇다…. 그것은 한 마리 검은 드래곤이었다!

나도 드래곤은 몇 번 본 적 있지만… 그중에서도 엄청나게 크다.

그리고 그 다리에 매달린 붉은 로브 차림의 두 사람!

내가 주문을 외우기도 전에.

우오오오오오오오!

한 번 포효하더니 단숨에 가속해서 있을 수 없는 속도로 저편으로 날아가 버렸다.

…아마도 방금 그것이 주문 영창. 마법을 써서 비행 속도를 높인 것이다.

놓치고 말았군….

일단 여기서의 싸움은 끝난 듯하지만….

나는 몸을 돌려 기사단장에게.

"일단 확인하겠는데,

저 로브 일당의 정체가 무엇인지 짚이는 거 있어?"

"……."

내 물음에 단장은 침묵했다.

짚이는 게 없는 것인지, 아니면 이야기할 생각이 없는 것인지.

"알았어. 그럼 우리들은 이만 가볼게."

발길을 돌려 떠나는 우리들 뒤에서 기사들은 그저 멍하니 서 있기만 했다.

당연한 말이지만 세계는 넓다.

한곳에 살고 있으면 실감할 기회는 적지만 여행을 하다 보면 대지의 광대함을 잘 알 수 있다.

도보로, 혹은 짐마차 등을 얻어 타고.

우리들은 북쪽으로 향했다.

일행이 토르타스라는 마을에 도착했을 때는 레니혼 마을에서 로브 일당과 싸운 지 대략 열흘 정도가 지난 때였다.

그 뒤로는 로브 일당의 습격도, 기사단의 추격도 없다.

…어쩌면 기사단 쪽은 따돌렸을지도 모르겠다는 희망적 관측도 품었지만 로브 일당 쪽에 그것을 기대하는 것은 무리일 터다.

토르타스 마을의 거리를 걸으면서 나는 머나먼 하늘 저편을 바라본 채 조금 사색에 잠겨 있었다.

"…리나?"

그런 내 모습을 눈치챘는지 오른쪽에서 걷고 있는 가우리가 말을 걸어왔다.

"…응?"

"뭔가 생각하고 있는 거야?"

…역시 이 남자는 꿰뚫어 보고 있는 건가.

"있잖아… 가우리…."

나는 작게 미소 지으며.

"만약… 만약 무사히 '저쪽'으로 돌아갈 수 있다면…."

"…응…."

"어떻게 노스트를 혼내줘야 될까 싶어서…."

"아련한 눈으로 그런 생각을 하고 있었어?!"

당연하다.

녀석이 어디까지 계산하고 한 짓인지는 모르겠지만 이렇게 심한 꼴을 당한 이상, 아무런 보복도 없이 넘기기에는 쌓인 분노가 너무 크다.

"날려 버릴 테다! 하고 말하고 싶지만…

당분간 인간에게 손을 안 대는 대신, 앞으로 어딘가의 마을에서 마주치더라도 모르는 척하고, 가능하면 눈도 마주치지 말라는 게 녀석이 내건 조건이었잖아.

그런데 이쪽에서 손을 대면 리나 인버스가 약속을 어겼다면서 얼씨구나 하고 인간에게 손을 댈 거 아냐.

그러니까 이쪽도 어디까지나 조건을 지키는 방향으로 할 거야….

길에서 마주치면 지나치면서 '알고 있겠지?'라고 말한다든지 하는 건 어떨까?"

"무섭잖아!"

가우리의 반응에 나는 크게 고개를 끄덕이고.

"흠, 효과는 크다는 말이지?"

"노스트?"

왼쪽에서 걷고 있던 란이 물었다.

"아… 나와 가우리가 이쪽으로 오게 된 원인이 그 녀석이야."

"보복?"
"음… 보복이랄까, 그냥 심술을 부리는 정도지만…."
나는 머리를 벅벅 긁었다.
그때….
…술렁….
주위 공기가 술렁였다.
세 사람은 동시에 발길을 멈추고 시선을 그쪽으로 돌렸다.
길의 인파가 갈라져 있었다.
마치 무언가를 피하려는 듯.
그 중심에 있던 것은 은발 남자 한 명.
예리한 눈빛. 헐렁한 옷. 별로 춥지도 않은데 목도리로 코와 귀까지 가리고 있다.
남자가 오른손을 들어 그 목도리를 밑으로 내리자….
크고 작은 비명이 주위 사람들로부터 터졌다.
은발 남자의 입 주변은 일그러지고 크게 찢어져 있었다.
"…남인 척하는 것은 서툴러서 말이지…."
이 목소리는…?!
…후욱….
은발 남자는 숨을 들이마셨고….
…이런!
"도망쳐!"
소리친 나는 옆에 있는 골목을 향해 달렸다. 곧바로 뒤를 따르는 가우리와 란!

주위 사람들 중에서도 무언가를 깨닫고 도망치는 사람이 있었지만….

바로 그때!

파직 파직 파직 파직!

은발 남자의 입에서 뿜어 나온 선더 브레스가 마을의 길을 휩쓸었다!

뇌격을 맞은 행인 몇 명은 견디지 못하고 쓰러졌고, 번개에 휩쓸린 돌바닥은 번뜩였으며, 노점의 과일은 터졌고, 판자벽은 불타서 연기를 피워 올렸다!

우리들이 직격을 피해 건물 뒤로 숨을 수 있었던 것은 행운 외에 아무것도 아니었다. 운 좋게도 옆 건물 문이 철제였던 것이다. 뇌격이 그곳에 흡수되지 않았다면 세 명 중 누군가는 직격을 맞았을지도 모른다.

일동은 그대로 골목을 달리면서.

"그 녀석, 뭔가 내뿜었는데?!"

소리치는 가우리에게.

"그냥 드래곤 브레스야!"

나도 소리쳐 대답했다.

혹시나 했지만 방금 것으로 확신했다.

붉은 로브 일당의 정체는 인간이 아니라 드래곤이었다.

인간에게는 불가능한 영창 속도. 비행술과 다른 술법의 병용. 그것만으로도 인간이 아닌 것은 확정이었다.

그리고 지난번 퇴각했을 때….

그들은 용으로 변신한 게 아니라 본래 모습으로 돌아간 것이다.

주문 영창 없이 하늘에 뜨고 브레스를 내뿜은 것도 그들이 원래부터 가지고 있는 능력이기 때문이다.

녀석들은 나의 드래곤 슬레이브를 경계해서 그것을 섣불리 쏠 수 없는 마을 한복판에서 습격한 것이다.

게다가 녀석들은 주위 인간이 말려드는 것도 개의치 않는다.

큰길에서는 공황 상태가 빚어져 사람들의 비명과 호통 소리가 뒤얽히고 있다.

목소리로 보건대 방금 녀석이 가르도바. 그렇다면 나머지 두 사람도 와 있을 거라 생각하는 편이 좋다.

"저기, 저기, 그렇다면 그 녀석은 인간이 아니라 드래곤인 거야?!"

란이 물었다.

"아마도! 이대로 마을에서 떨어져야 돼!"

사람이 많은 마을 안에서는 드래곤 슬레이브는 고사하고 다른 큰 마법도 쓰기 힘들다.

하지만 녀석들이 고분고분 우리들을 따라올지 어떨지….

골목을 빠져나와 다른 길로 나와서 보니.

큰길의 공황 상태가 이쪽에까지 전해져서 주위에는 우왕좌왕하는 사람들의 모습.

그런 가운데.

시선을 느끼고 돌아보니… 그곳에는 헐렁한 옷을 걸친 긴 흑발 여성 한 명.

…네르픽?!

눈이 마주치자마자 이쪽을 향해 땅을 박찼다! 하얗던 양손이 순식간에 검게 비대해지면서 일그러진 갈고리로 변했고, 양팔을 한 번 휘두르자 몇 개의 검은 물체가 잔상이 되어 이쪽을 향해 날아왔다!

곧바로 가우리가 검을 뽑았고 란도 곤을 휘둘러 날아온 그것들을 떨구었다.

한편 검은 물체는 주위 행인들에게도 맞아서 비명과 함께 공황 상태를 일으켰다.

떨어진 그것들을 힐끔 확인해보니 검고 작은 금속 조각 같은 것 … 아니, 이건 비늘인가?!

달려오는 네르픽을 요격하기 위해 나는 주문 영창을 시작했고, 가우리와 란도 자세를 취했다….

그때.

네르픽의 왼쪽 어깨에서 그림자가 펼쳐졌다.

…아니, 이것은!

그림자가 아니라 거대한 검은 날개!

날개는 옆에 있는 민가에 닿자 너무나 쉽게 벽을 부수고 지붕을 무너뜨려 잔해를 사방에 흩뿌렸다!

당연히 그것은 이쪽에도 쏟아진다!

칫! 성가신 공격을!

하지만.

“돌파!”

잔해를 피하는 게 아니라 란은 기성을 내지르며 앞으로 달려갔다!

…오케이, 알았어!

눈치를 채고 나도 전진. 가우리 역시 뒤를 따랐다!

란은 손에 든 곤을 휘두르고 찔러서 떨어지는 잔해를 모두 튕겨냈다!

물론 곤으로만 할 수 있는 기술은 아니다. 미처 튕겨낼 수 없는 것들은 몸에 두른 바람으로 밀쳐내고 있다.

“……?!”

오히려 접근할 줄은 몰랐는지 인공적인 네르픽의 얼굴에 처음으로 떠오른 생물다운 경악의 빛.

그리고 나는 외운 마법을 해방했다!

“하울 프리즈!”

상력한 눈보라 폭풍을 만들이내서 상대에게 쏘는 마법이다. 눈보라라는 특성상 몸을 피하는 것은 어렵다. 인간이 맞아도 치명상은 입지 않지만 추위로 제대로 움직일 수 없게 된다.

“…그윽!”

일격을 맞고 신음하는 네르픽. 거룡의 모습이었다면 선선한 바람이 피부를 스친 정도의 것이었겠지만 인간 사이즈라면 꽤 효과가 있을 터!

위축되어 있을 때 가우리는 달려갔고….

"…치잇!"

네르픽은 건물을 벤 거대한 날개를 지지대로 삼아 몸을 들어 올려 검의 사정거리 밖으로 피했다!

이 녀석, 지난번에도 그랬지만 가우리를 묘하게 경계하고 있네….

네르픽은 허공에서 다른 쪽 날개도 펼치고 거대한 쪽 날개 크기를 줄인 후 두 날개를 이용해 공중에 머무르면서….

…흐읍….

크게 숨을 들이마셨다.

…상공에서 드래곤 브레스?! 이런!

그때.

"이쪽이야!"

들려오는 목소리에 눈길을 돌려보니 옆에 있는 민가의 문이 열리며 그곳에서 얼굴을 드러낸 것은… 왕도 파르밧소스의 경비대장 모건 씨?!

어째서 이런 곳에… 아니, 지금은 따지고 있을 틈이 없다!

세 사람은 서둘러 그곳으로 뛰어들었고, 가장 뒤에 있던 사람이 문을 닫았다.

콰아! 폭풍이 휘몰아치는 소리.

민가… 아니, 자세히 보니 음식점 안을 세 사람은 달려 나갔다….

날개에 찢긴 벽 균열을 통해, 혹은 창문을 깨고 불꽃이 들어와 넘실거렸다!

모건 씨를 포함한 네 사람은 가게 반대쪽 문을 통해 큰길로 뛰쳐나왔고….

불꽃이.

콰아아!

건물 문과 창문을 통해 뒷골목에서 분출했다!

…위험한 상황이었지만 어찌어찌 전원이 무사한 듯하다.

하지만 이 큰길에는 가르도바가 있었을 터!

서둘러 주위를 돌아보니….

큰길은 혼란의 와중이었다.

…어린아이가 울고 있다.

전격이 휩쓸고 지나간 탓인지 이곳저곳이 파괴되거나 연기를 피워 올리고 있다.

우는 사람, 소리치는 사람, 신음하는 사람.

지금은 가르도바의 모습이 보이지 않는다. 우리들을 뒤쫓아 어딘가로 이동한 건가?

우왕좌왕하는 어른들. 길가에 웅크려 앉은 노인.

길 저편에서 울고 있던 일고여덟 살 정도의 여자아이는 나와 눈이 마주치자.

"살려줘요~. 언니~."

양손을 벌리고 달려왔다.

그런 소녀의 안면에….

"시끄러어어어엇!"

퍼억!

스냅을 넣어 날린 나의 발차기가 카운터가 되어 박혔다!

"우극!"

여자아이는 이상한 소리를 내며 튕겨 날아가더니 근처 벽에 내동댕이쳐졌다!

"이봐아아아?!"

모건 씨가 놀라 소리쳤지만 나는 여자아이에게서 눈을 떼지 않았다.

벽에 내동댕이쳐졌던 여자아이는 벌떡! 그 자리에서 몸을 일으키더니.

"…너! 무슨 짓이야?!"

분노에 차서 내지른 소리에 나는 차가운 눈으로 말했다.

"연기가 서툴러! 레겐넬!"

…그렇다.

눈앞의 아이는 난리 통에 휘말린 죄 없는 소녀 같은 게 아니라.
혼란을 틈타 나를 말살하기 위해 변신술로 인간 어린아이로 모습을 바꾼 레겐넬이었다!
물론 연기가 능숙했다면 나의 의표를 찌를 수 있었을 것이다. 하지만 겁먹은 어린아이로 위장했으면서 좀 더 가까운 곳에 있던 다른 어른들은 완전히 무시하고 똑바로 나에게 달려온데다 살기가 좔좔 흘렀던 것이다.
전에 어린아이 모습을 한 고위 마족에게 감쪽같이 속은 적이 있는 나를 그 정도 연기로 속이려 하다니 아직 멀었어!
"젠장하아아아아아알!"
포효한 레겐넬의 모습이 변했다!
그 모습이 집채만 한 사이즈의 녹색 드래곤으로 변했을 때….
"…어…?"
"…레겐넬…."
나는 상대를 바라보며 말했다.
"동료에게서 조언을 들으면 왜 그런 말을 했는지 잘 이해해두는 편이 좋아…. 이미 늦었지만."
키잉 하는 작은 금속음과 함께 가우리가 검을 칼집에 넣었다.
레겐넬의 바로 옆에서.
그것을 깨닫고 몸을 뒤척이려다….
레겐넬의 몸은 비스듬하게 어긋나더니 그대로 길바닥에 무너졌다.

…어린애의 모습으로 위장한 것이 해치워야 할 적이라는 것을 인식한 순간, 가우리가 곧바로 움직여서 변신 중인 드래곤을 베었던 것이다.

만약 레겐넬이 우물쭈물하지 않고 전에 가르도바가 경고했을 때처럼 거조로 변해 주저 없이 하늘로 도망쳤다면 피해낼 수 있었을지도 모르지만.

쓰러진 드래곤의 눈동자에 더 이상 빛은 없다.

남은 것은 네르픽과 가르도바.

일단 이곳에 머무르는 것은 좋지 않을 거라 생각해서 아까 네르픽이 있던 곳과 반대쪽을 향해 걷기 시작했다.

가우리, 란, 모건 씨와 함께….

"…그보다 모건 씨, 어째서 이런 곳에 있는 거죠?!"

"어째서고 뭐고."

모건 씨는 말했다.

"리나 씨를 뒤쫓으라는 명령을 나라로부터 받아서 그렇지."

…그렇군. 생각해보니 우리들의 얼굴을 직접 알고 있는 그를 동원하는 것이 합리적이긴 하다.

무심코 이쪽이 발길을 멈추었음에도 그는 개의치 않고.

"물론… 쫓아와서 보니 이런 상황이라 너희들에게 시비를 걸고 있을 상황이 아니게 되었지만 말야.

은창기사단이 피해를 입었다는 보고를 듣긴 했는데…

녀석들이 소문으로 듣던 네오스피드인가."

나는 허둥지둥 다시 걸음을 옮기기 시작하며.

"네오스피드요?"

"나도 소문으로 알고 있는 정도지만

적룡신을 섬기는 일파야.

……물론 이곳저곳의 마을에 있는 쉬피드교와는 별개의 조직으로, 쉬피드를 숭배하며 마족 타도를 표방하는 것까지는 좋지만…."

옆길을 빠져나와 다른 길로 들어간다. 이쪽도 소란스럽기는 하지만 딱히 눈에 띄는 피해는 없어 보인다.

"그들은 드래곤과 엘프 등 인간 이외의 종족으로 구성되어 있어서 말이지."

"드래곤과 엘프요?!"

무심코 나는 소리쳤다. 조금 뜻밖이기는 했지만… 생각해보니 인간이 신을 숭배하는 것처럼 드래곤과 엘프가 신을 숭배할 수도 있을 것이다.

모건 씨는 고개를 끄덕이고.

"진정한 쉬피드교라는 의미에서 네오스피드라 자칭하고 있지만 교단에는 가입하지 않고 목적을 위해 인간을 희생시키는 것도 꺼리지 않는다고 들었어. 마족에 대항할 수 있는 힘이 거의 없는 데다 부정적인 감정을 대량으로 만들어내는 인간을 마족에게 힘을 부여할 뿐인 존재로 간주하고 있거든."

"뭐라고요…?!"

"전에 마리시다 마을에 그레이터 데몬이 출현했을 때에도 녀석들이 찾아와 그레이터 데몬을 해치웠는데 그때 마을과 병사까지 아무렇지도 않게 불태웠다는군."

"그런…?!"

레니혼 마을에서 일전을 치렀을 때 레겐넬이 가지고 놀듯 기사단들에게 시비를 걸었던 것은 그런 측면도 있었던 건가….

그런 녀석들에게…… 내가 뭔가 위험하다는 신탁이 내려온 거냐?!

아무리 그래도 그건… 조금 장난이 아닐 것 같다는 생각이 드는데….

하지만 그 네오스피드인지 뭔지를 모건 씨가 알고 있다면 전에 만난 기사단장도 알고 있었을 것이다. …물론 뒤쫓는 대상인 우리들에게 가르쳐줄 이유는 없지만.

"그 녀석들… 도합 몇 명이나 있는 거죠…?"

"거기까지는 알 수 없어. 나도 소문으로 들은 적이 있는 정도니까."

"'이쪽'에선 그런 녀석들을 그냥 방치해두고 있는 건가요?"

"녀석들도 딱히 적극적으로 인간을 죽이려 하는 건 아니니까. 목적을 수행할 때 말려드는 건 개의치 않는 것 같지만 말야. 게다가 본거지와 규모도…."

…오오오오오오오오오오오오오!

말을 차단할 정도의 포효가 큰길 쪽에서 들렸다.

무언가 저쪽에서 움직임이 있었나…?

"…어떻게 할 거지?"

묻는 모건 씨에게….

"싸울 수밖에 없잖아요."

나는 즉답했다.

당연하다고 하면 당연하지만.

토르타스 마을에도 자경단 같은 건 존재하고 있었던 모양이다.

우리들이 큰길로 돌아왔을 때 그곳은 가르도바 일당과 토르타스 자경단들의 전장이 되어 있었다.

…다만 그것을 싸움이라 불러도 될지 어떨지….

자경단원들이 멀리서 화살을 쏘았지만 네르픽의 불꽃 브레스가 공중에서 화살을 불태우면 타고 남은 화살촉만이 주위에 흩어졌다. 네르픽이 검은 날개를 뻗어 집을 부수자 잔해 때문에 단원들의 움직임은 멈추었고, 그러자 단숨에 달려가서 발톱으로, 혹은 칼날로 변한 머리카락으로 베어 버렸다.

그 공격을 갑옷으로 겨우 막아내고 검으로 반격하는 사람도 있었지만, 동체를 벤 공격은 피부에서 멈추었고 오히려 네르픽의 발톱과 머리카락에 의해 죽임을 당했다.

…지금은 인간처럼 보이지만 본질적으로는 드래곤이니 맨살로 보이는 부분조차 드래곤 비늘의 강도를 가지고 있는 것이리라. 그렇다면 어지간한 실력과 어지간한 검으로는 꿰뚫는 것조차 어렵

다.

새카만 갈고리와 자유자재로 움직이는 검은 머리카락. 인간 크기에 맞춰 줄어든 검은 날개가 등에 접혀 있는 네르픽의 모습은 여자 악마로밖에 보이지 않았다.

한편 가르도바는 시종 공격주문을 날리며 주위의 자경단원들을 쓸어버리고 있었다.

후드와 마스크를 벗었을 때에는 입이 찢어진 은발 남자라는 풍채였지만 이제는 인간인 척할 필요도 없다고 판단했는지 은색 비늘로 뒤덮인 짐승 같은 얼굴에, 뒤쪽으로 뿔이 튀어나온 워드래곤이라 할 만한 모습으로 변해 있었다.

네르픽도 그렇지만 드래곤 본래의 모습으로 돌아가지 않는 것은 아마 나의 드래곤 슬레이브를 경계해서일 것이다.

물론 나는 마을을 말려들게 하면서까지 드래곤 슬레이브를 쏠 생각은 없지만 뒤집어서 말하면 마을에 피해만 주지 않는다면… 가령 거대한 상대가 하늘로 날아올랐을 때 밑에서 위로 쏘는 것은 가능하다고 생각하고 있다.

하지만 지금 상황에서 그런 빈틈은 보여줄 것 같지 않다.

자경단원들이 네르픽이나 가르도바 어느 한쪽을 해치우… 지는 못하더라도 어느 정도 주의를 끌어준다면 꽤 편해질 텐데….

유감스럽게도 보이는 범위에 있는 자경단원들은 쓰러져 있거나 건물 뒤에 숨어 있을 뿐 반격하려고 하는 자는 이제 없었다.

그 상황을 확인한 나는 달리면서 주문 영창을 개시했다!

표적은 보다 가까운 쪽에 있는 네르픽!

"…찾았다!"

이쪽을 발견한 네르픽이 포효했다. 그 목소리에는 증오의 기색.

그 말에 내 존재를 깨닫고 가르도바도 이쪽을 쳐다본다.

나, 가우리, 란은 황폐해진 돌바닥 위를 내달려 네르픽에게 향했다.

네르픽은 잠시 망설이는 기색을 보이다가 무언가 주문을 외우기 시작했지만.

개의치 않고 나는 완성된 주문을 해방했다!

"다이나스트 브레스!"

거의 동시에….

쿠오오오오오오오오오오!

네르픽과 가르도바 두 사람이 포효했다!

내가 쓴 것은 표적을 마력의 얼음으로 빙결, 분쇄하는 마법! 브라스 데몬 정도의 마족이라면 손쉽게 해치울 수 있을 정도의 마법이다! 왠지 전에 이상한 물고기를 해치웠을 때에도 쓴 것 같은 생각이 들지만!

쨍!

대기가 얼어붙는 소리를 내며 네르픽의 온몸이 얼어붙었다!

동시에….

흰 광선이 이중으로 네르픽을 휘감았다!

…저 광진은…?!

키이잉!

마력의 얼음이 산산이 부서지며 무수히 많은 미세한 서리로 변했다!

그리고 갇혀 있던 상대도 그 얼음과 함께 파괴되었어야…… 했다.

하지만.

얼음이 흩어진 곳에는 멀쩡히 서 있는 네르픽의 모습!

…그렇군.

그 광진은 네르픽과 가르도바 두 사람이 동시에 펼친 방어 마법이었다.

전에 내가 쏜 드래곤 슬레이브의 위력을 줄인 것도 아마 같은 마법이었을 것이다.

방금 전 네르픽이 잠시 망설임을 보였던 것은 내가 주문 영창에 들어간 것을 깨닫고 공격을 해야 할지, 방어를 우선시해야 할지 머뭇거린 탓인가?

"너 이 녀석들!"

네르픽이 포효했다.

"잘도 레겐넬을!"

"반격에 당한 게 화가 난다면 처음부터 싸움을 걸지 마아아아아아!"

지지 않고 나도 소리쳐주었다.

달려드는 가우리와 란에게 네르픽은 경계 태세를 취했지만….

…흠칫.

그 몸이 작게 흔들렸다.

"네르픽?!"

비명과도 같은 가르도바의 목소리.

무슨 일이 일어났는지 이해하지 못한 채 땅에 쓰러져버린 네르픽은 커헉, 작게 피를 토했다.

"…이런 곡예 같은 일은 젊은이들이 할 일이라고…."

말하면서 모건 씨는 네르픽을 꿰뚫은 블래스트 소드를 뽑았다.

…사실 작전은 별것 아니었다. 녀석들이 묘하게 가우리를 경계하는 것을 역이용했을 뿐이다.

가우리가 가진 블래스트 소드와 모건 씨의 검을 교환한 뒤 우리들이 녀석들의 주의를 끌고 있는 동안, 모건 씨가 근처 집 지붕 위로 올라가 뛰어내리면서 일격을 날린 것이다.

거절할지도 모른다고 생각했지만 이런 상황에서는 할 수밖에 없다고 생각했는지 그는 그 작전을 받아들여 주었다.

어지간한 검, 어지간한 실력으로는 상처를 입힐 수 없는 네르픽의 피부도 마력을 예리함으로 변환하는 블래스트 소드라면 벨 수 있는 것!

좋아. 이대로 단숨에 가르도바도 해치운다!

나는 주문 영창을 시작했다!

모건 씨는 달려가는 가우리와 서로 검을 교환했다.

“인간 따위가아아아!”

가르도바는 크게 숨을 들이마시고….

파지지지직!

뇌격의 브레스를 내뿜었다!

그것을 읽고 있었는지 모건 씨는 자신의 검을 대충 집어 던졌고….

뇌격이 철검에 이끌려 휘감겼다.

그 왼쪽에서는 가우리, 오른쪽에서는 란이 달려들고 있다.

하지만 가르도바는 물러나려고 하지 않았다. 이유는 명백. 좌우의 두 사람에게 약간 뒤처진 채 정면에서 내가 다가오고 있었기 때문이다.

나를 해치우는 게 그의 목적이기에, 나라는 미끼를 보여주면 물러나야 할지, 공격해야 할지 상대의 행동에 망설임이 생길 터!

콰아아!

가르도바의 포효에 의해 폭풍이 발생했다!

“…크?!”

강력한 바람은 벽이 되어 가우리를 그 자리에 묶어놓았다.

하지만!

개의치 않고 란은 내달렸다! 그녀가 두른 바람이 상대의 바람을 상쇄한 것이다! 나도 그 바람의 흐름을 타고 거리를 좁혔지만….

그 순간!

파직!

가르도바의 벌어진 입에서 뇌격이 번뜩였다!

선더 브레스?!

표적은 나! 숨을 들이마시는 동작을 생략한 만큼 위력은 다소 떨어질지 모르지만 그래도 인간의 몸으로는….

찰나가 무한한 길이로 느껴진다.

가르도바의 입가에 생겨난 번개 구슬이 순식간에 부풀어 오르는 것이 보였고….

“에잇.”

긴장감이 전혀 없는 란의 목소리와 함께 시야에 들어온 것은 몇 개의 작은….

…화살촉?!

금속제의 그것들은 허공을 날아가서…

번개 구슬의 뇌격을 빨아들이고 가르도바 자신에게 쏟아졌다!

란은 어느 틈엔가 주위에 떨어져 있던 화살촉들을 주워 모아 이 순간에 사용한 것이다.

뇌격은 자신에게도 통하는 것인지, 아니면 단순히 의표를 찔렸을 뿐인지 가르도바의 움직임이 순간적으로 멎었고….

그런 그에게 내가 뛰어들었다!

눈치챈 상대는 갈고리를 휘둘렀지만….

이쪽 주문은 이미 영창이 끝난 상태였다! 두 손바닥을 가르도바의 가슴에 대고….

"블래스트 웨이브!"

퍼억!

성벽조차 꿰뚫는 일격은 은색 워드래곤을 분쇄했다.

"…수고했어."

무슨 까닭인지 상사라도 된 듯한 말투로 말하면서 모건 씨는 이쪽으로 걸어왔다.

"그쪽도 수고했어요."

나도 말했다.

"그나저나 부탁해놓고 할 말은 아니지만 정말 잘해주셨네요. 갑자기 무서워져서 뛰어내리지 못한다든지 하지는 않을까 조금 걱정이었는데."

"물론 무서웠지. 지붕에서 뛰어내린 건 어릴 때 이후로 처음이야."

그렇게 말하며 여유의 미소.

…이제 와서 문득 생각한 건데….

혹시 이 사람은 내가 생각했던 것 이상으로 실력자가 아닐까?

생각해보면 북쪽 마왕 퇴치 때 경비대 사람이 동원된다는 것부터가 이상한 이야기.

하지만 그의 실력이 나라에서도 인정받는 수준이라 생각한다면 그리 부자연스러운 이야기는 아니다.

떠돌이 용병인 우리 두 사람을 토벌에 참가시킨다는 그의 요청이 받아들여진 것도 이 가정이라면 납득할 수 있다.

만약 이 가정이 맞다고 한다면….

좀 더 이것저것 시킬 걸 그랬다. 내가 직접 돌진하는 도박 같은 것은 안 하고 말이지.

그런 나의 내심을 아는지 모르는지 그는 장난스러운 시선을 나에게 돌리고.

"하지만 그쪽이야말로 용케 나를 믿을 생각을 했군. 그 뭐시기인가 하는 마력 검을 들고 도망칠지도 모르고, 아니면 리나 씨를 기습해서 명령 수행과 더불어 네오스피드의 비위를 맞추는 일석이조를 노렸을지도 모르는데 말야."

"그럴 일은 없어요, 없어."

나는 손을 휘휘 저으며.

"그럴 거면 애초에 우리들을 돕거나 하지 않았겠죠."

만약 그럴 생각이라면 우리들이 네르픽의 화염 공격을 받았을 때 문을 열어주지 않고 열쇠라도 채우면 끝났을 일인 것이다.

"…뭐…."

그는 너덜너덜한 거리를 돌아보며.

"심정적으로 이런 짓을 하는 녀석들을 방치할 수는 없었으니 말이지…."

…펄럭!

돌연 들린 날개 소리에 일동이 놀라 돌아보니 노상에 있던 네르픽의 모습이 사라져서 없고, 하늘에는 휘청휘청하면서도 마법으로 가속해서 날아가는 검은 날개의 모습!

"…살아 있었던 건가?!"

적이지만 물러날 때를 잘 알고 있군. 만약 도주가 아니라 기습을 해서 나를 해치울 생각이었다면 그 살기 때문에 아직 살아 있다는 것을 들켰을 텐데.

"사람과는 급소의 위치가 달랐던 건가…."

날개를 바라보며 모건 씨가 중얼거렸다.

거리와 속도로 판단컨대 추격은 이미 늦었다.

…놓친 건가….

이건… 앞으로 이것저것 성가셔질 것 같군….

"…아무튼…."

모건 씨는 아련한 눈길을 북쪽으로 보내며.

"저쪽으로 5일 정도 가면 국경에 도착하고, 그 너머는 베르하이드 공국이야. 사막에 접한 나라에 대한 정보는 입수하지 못했지만 말이지.

나는 왕도로 돌아가서 토르타스 마을이 네오스피드로 추정되는 일당의 습격을 받았고, 리나 씨는 그때 사망한 것으로 추측된다고… 보고해둘게."

그것은 이쪽 입장에선 고맙지만….

"어째서 그런 보고를?"

"뭘, 단순히 내가 편하기 위해서야. …아, 맞다. 북쪽 마왕 토벌에 대한 사례라는 의미도 다소는 있어."

"알았어요. 그럼… 잘 지내시기를."

언젠가 다시 만나자고 하려다가 도중에 말을 바꾸었다.

이렇게 된 이상, 아마 재회는 없을 것이다.

이리하여 우리 세 사람과 모건 씨는 각각 다른 길로 나아가기 시작했다….

당연하지만 세계는 넓다.

넓지만… 당연하게도 무한하지는 않다.

"우웅."

나지막한 언덕의 선선한 나무 그늘에서 란은 크게 기지개를 켰다.

"좋은 날씨네~."

화창한 오후. 나도 란 옆에 있는 풀 위에 앉았다.

"정말로~."

긴장이 풀린 목소리로 말했다.

바라본 곳에는 완만한 녹색 언덕이 뻗어 있고 마치 목장 같은 울타리가 쭉 이어져 있다.

"드디어 왔구나."

같은 쪽을 바라보며 옆에 앉은 가우리도 감개무량한 듯 중얼거렸다.

"그래~."

나 또한 말했다.

느슨해 보이는 저 울타리는 사실 이곳 루지르테 왕국과 베르하이드 공국의 국경선이다.

…뭐….

이런 식으로 느긋하게 이야기를 하고 있지만 밤에는 레비테이션 마법으로 국경을 넘어 밀입국할 예정이다.

지금 우리들은 소풍을 즐기고 있는 게 아니라 국경의 경비 상태를 정찰 중인 것이다.

울타리 주위는 때때로 드문드문 두 나라의 병사들이 순찰하고 있는 듯하지만 솔직히 빈도는 그리 높지 않았다. 그런 탓에 보고 있는 이쪽도 왠지 기분이 느슨해져 있는 것이지만.

다만 이렇게 긴장을 풀 수 있는 시간은 필요하다.

아무튼 진지하게 앞으로의 일을 생각하면 이것저것 불안한 요소들뿐이니까.

국경을 넘는다고 해서 네오스피드인지 뭔지가 포기할 리가 없다. 그들에게 인간이 정한 국경 따위는 애초에 의미가 없을 테니까.

…알고 보니 녀석들이 고작 다섯 명 정도의 조직이더라 하는 결말이었다면 좋겠지만… 아무리 그래도 그렇지는 않을 것이다.

네르픽에게서 동료 두 마리가 당한 것과 이쪽 정보가 전해지면 다음엔 상대도 어느 정도의 준비를 하고 올 것이다.

마력을 증폭시키는 탤리스먼도 '이쪽'에 오기 전에 잃어버렸기에 내가 쓸 수 있는 주문은 전에 비해 줄어들었다.

그 대신 '이쪽'에서 용왕들의 힘을 빌린 주문을 습득할 수 있다면 크든 작든 이야기는 달라지겠지만… 다른 주문의 일부를 조금 치환하는 정도로 쓸 수 있게 될 만큼 쉬울 거라는 장담은 할 수 없다.

주문 내용의 이해라든지, 영창 중의 마력 제어라든지, 본인과의 궁합 등 이것저것 필요한 것들이 있다.

란이 쓰고 있는 바람 마법도 주문을 배우기는 했지만 전에 시험 삼아 영창해본 결과 발동조차 하지 않았다.

이것저것 연구와 조정이 필요한 부분이 너무 많다.

물론 기회가 있으면 지적 호기심의 충족과 네오스피드에 대한 대항책이라는 일석이조의 의미로 마법을 습득하고 싶기는 하지만….

"…그러고 보니 란, 국경을 넘은 후에는 어떻게 할 생각이야?"

문득 떠올리고 나는 물었다.

"어떻게 하다니? 뭘?"

"아니, 그러니까

우리들과 함께 있어봤자 말썽에 휘말릴 뿐인데…."

"그렇긴 하네~."

란은 주위를 날아다니는 나비를 눈으로 좇으면서.

"싫어지면 헤어질 거야~. 하지만 그때까지는 함께 있을게."

"괜찮겠어?"

"괜찮아. 두 사람에게 방해가 안 된다면."

"…뭐…?!"

…갑자기 무슨 소리를 하는 거야…?

가우리 쪽은 멍하니 있어서 듣고 있지 않았던 모양이지만….

"…그건 둘째치고, 란, 하려고 했던 말이 있는데…."

나는 허둥지둥 화제를 바꾸었다.

"네가 가지고 있는 곤 말야…."

"굉장한 막대기?"

"그래, 그거. 좀 더, 뭐랄까, 멋진 이름을 붙여보지 않을래?"

"음? 굉장한 막대기란 이름이 어때서? 굉장하다는 느낌이 들지 않아?"

"아니, 들긴 하는데,

네 고향의 센스에 대해 이러니저러니 할 생각은 없지만, 뭐랄까, 이쪽 분위기로 좀 더 좋은 이름이 있을 것 같다고나 할까."

"음~."

그녀는 잠시 생각하고 나서.

"아! 그럼, 그럼, 이 막대기의 본체였던 나무에 유서 깊은 이름이 붙어 있었으니 그 이름을 붙이는 건 어떨까?!"

"유서 깊은…?"

"응! 우리 고향에 있는 과거의 전승 중에 디모카인과 라모케일이라는 굉장히 오래 산 쌍둥이 영웅 이야기가 있는데,

이 나무도 굉장히 수명이 길다 보니 이쪽에서 말하는 영원하고

유구한 나무라는 의미로 그 영웅들한테서 이름을 따왔어!"

그렇게 말하고 의기양양한 얼굴.

"헤~, 그거 괜찮아 보이네. 무슨 이름인데?"

"모카모케 나무."

"어째서?!"

무심코 절규하는 나.

"아니, 그러니까 디'모카'인과 라'모케'일에서 따온 거잖아…."

"어째서 그 부분을 따온 거야?!"

…만약 '저쪽'에 있던 신성수 프라군이 그것과 동종이라고 한다면… 그 본명이 모카모케 나무라는 건가…? 뭔가 여러모로 너무 실망스럽다….

"…응! 나무 이름을 따서 모카모케 막대기! 괜찮지? 리나 뇽!"

고개를 연신 끄덕이며 흥분해서 떠드는 란에게.

"기다려, 란. 그만둬, 란. 진정해. 좀 더 생각해보자고."

허둥지둥 제지하고 나섰지만.

"어째서?! 모카모케 막대기! 우리 고향에서라면 우와, 엄청 멋지다 하고 말할 만한 이름이라고!

가우 료스도 멋지다고 생각하지?"

아니, 그런 걸 사람 이야기를 듣지 않는 사람 대표에게 물어봤자… 라고 생각했지만 의외로 이번엔 듣고 있었는지 난처하다는 미소를 지으며.

"그것도 나쁘지 않다고 생각하지만 나라면 엘더 로드라든지 에

인센트 스태프 같은 이름을 붙일 것 같네."

우와, 의외로 평범하게 멋지네.

…뭐, 직전에 모카모케 막대기라는 이름을 들은 터라 비교가 되어서 그렇게 느껴지는 것뿐일지도 모르지만.

그 말을 듣고 란은 의기양양한 얼굴로 가슴을 펴면서.

"봐! 가우 료스도 나쁘지 않다고 했어!"

"그러니까! 어째서 그 부분만 따오는 거냐고?!"

귀환할 단서는 아직 없고 길은 아직 멀다.

하지만….

센스 면에서 나와 란의 견해가 일치할 날이 오는 것은 비교할 거리가 없을 만큼 멀 거라는 느낌이 들었다….

— 다음 권에 계속 —

작가 후기

작가·칸자카 하지메 + L

L : 나와 버렸어….

그렇게 안 나온다고 했던 제3부가….

작 : 세계에 절대 따위는 없고 우주는 무한한 가능성으로 가득 차 있지….

L : 시끄럿!

혹시 작가! 너, 지난 권이 그럭저럭 잘 팔렸다고 우쭐해진 거냐?!

작 : 죄송합니다.

그런 이유로 「슬레이어즈」 17권 「머나먼 귀로」를 보내드립니다!

L : 뭐, 나야 후기에서 부활할 수 있어서 만족! 이지만.

난 작가가 이런저런 이유를 대고 여생을 빈둥거리며 살 거라 생각했거든….

작 : 사람을 뭘로 보는 거야… 라고 말하고 싶지만 솔직히 나도 절반 정도는 그럴 생각이었어.

L : 그럼 또 무슨 심경의 변화가 있었지?

작 : 여러 가지 일들이 조금 진정되어서 책이니 게임이니 쌓아두었던 것들과 신작들에 손을 대면서 이것저것 여러 가지 것들을 흡수했는데….

그런 충전이랄까, 인풋을 쭉 하고 있으면 문득 무언가를 만들어내고 싶어질 때가 있잖아….

L : 건○라라든지?

작 : 건○라라든지 무언가의 조립 키트 같은 것들도 그렇긴 하지만, 그쪽은 인류의 천적인 노안 때문에 좀처럼 손이 안 가서 말이지….

그래서 무언가를 써보고 싶은 욕구라고 할까, 그런 게 생겼어.

「슬레이어즈」가 아닌 다른 이야기의 모호한 아이디어도 있었지만 멍하니 느긋하게 생각하는 사이에 다른 사람이 근본적으로 비슷한 아이디어로 좀 더 재밌는 이야기를 발표해 버리니 포기하게 되더라고.

L : 그래서 결국 이곳으로 돌아온 거군.

작 : 뭐 그렇지.

아직 「슬레이어즈」라는 이야기를 응원해주시는 여러분께 작게나마 보답이 되면 좋겠다는 생각도 있고….

L : 어설픈 길 쓰면 오히려 은혜를 원수로 갚게 되지만 말야~.

작 : 크헉! 그 말은 하지 마!

L : 아, 피를 토했다.

작 : 괜찮아! 피를 토해도 200cc 이내라면 이상 무니까!

L : 아니, 200cc면 꽤 많은 양이잖아?!

작 : 배틀 만화라면 적은 편이야! 아니, 딱히 배틀 만화에 출연할 건 아니지만!

L : 하지만 지금까지도 소설 이외에서 본편 제3부 같은 이야기는 있지 않았어?

애니메이션판인 「슬레이어즈 TRY」라든지 만화판인 「슬레이어즈 수룡왕의 기사」라든지.

그러면 이 제3부는 어떤 위치에 있는 거야?

소설이 어디까지나 정사라는 거?

작 : 음….

솔직히 어느 게 옳다고 말해서 다른 것들을 부정하고 싶지 않으니 평행세계적인 제3부라는 느낌이려나~.

L : …아니, 뭐… '느낌이려나~'는 좋지만….

이거 제대로 결말까지 도달할 수는 있는 거야?

이야기의 내용을 보면 아무리 생각해도 길어질 것 같은데.

작 : 윽…! 아니, 뭐….

이야기 전체의 길이 문제도 있지만, 리나 일행의 여정 전체가 얼마나 길어질지 하는 문제도 있어서 말야.

이 「슬레이어즈」에서는 일부러 단위 같은 것을 명확하게 표기하지 않은 부분이 있지만….

쓰다가 문득 떠올라서 이것저것 조사해보면 여행 이야기에서 거리는 이것저것 걸림돌이 되는 측면이 있다고 종종 생각하곤 해.

L : 그래도 생각한 적이 있긴 했네.

작 : 물론이야!

이것저것 생각해보고, 이유와 설정을 생각해보기도 해!

이런저런 것들을 생각한 끝에 설명이 길어져서 다 잘라먹는다든지 재미가 없어서 없었던 일로 하는 일은 일상적으로 있지만 말이지!

L : 일상적으로 있는 일인 거냐?!

작 : 그래! 이번에도 처음에는 통행증이라는 게 있어서 그것을 어떤 때 쓰는지 하는 묘사가 있었는데… 그 부분이 전혀 재미에 도움이 안 되더라고!

여차하면 리나가 마법으로 하늘을 날아가면 되니까 '관문이 있는데 통행증이 없어! 어떻게 하지?' 같은 전개가 전혀 불가능해!

L : …아… 그건 그러네.

작 : …하늘을 나는 마법은 좀 치사하지 않아…?

L : 자기가 써놓고 뭘 새삼스럽게?!

확실히 하늘을 나는 마법은 사회생활을 함에 있어서 방범상 문제가 있지 않나 하는 부분은 있지만 말야.

작 : 아무튼 그래서 결국 통행증에 대해서는 묘사인지 주석인지 알 수 없는 문장이 때때로 나오는 걸로 끝났기에 그냥 전부 싹 들어내고 말았어.

L : 그럼 그 세계에 통행증은 없는 거야?

작 : 아니, 있지만 리나가 거기에 관해선 딱히 이야기를 하지 않는다는 느낌.

아무튼 그 부분은 넘어가더라도 여행 거리에 관해 생각하기 시작하면 이게 꽤 복잡해….

인터넷으로 좀 조사해보니 옛날 사람들은 500킬로미터를 대략 15일 만에 걸었다네.

그걸 기준으로 세계 이곳저곳을 돌아다닌다고 생각하면 대체 어느 정도의 시간이 걸리는지… 하는 것을 생각해봤어.

그 결과.

나온 대답이 비행기, 전철, 자동차는 정말로 고마운 존재구나 하는 것.

L : 그게 결론이야?!

작 : 그야 그렇지! 500킬로미터를 15일에 가려면 하루에 약 30킬로미터씩 걸어야 하는데, 걷는 속도를 대략 시속 4킬로미터라 생각하면 하루 여덟 시간을 꾸준히 걸어야 한다는 계산이 나와!

나는 5분만 걸어도 싫은데 말이지!

L : 아무리 그래도 그 부분은 좀 더 힘을 내봐.

작 : 내 부족한 근성은 차치하더라도 옛날 사람들은 너무 열심이었어!

요즘처럼 시내를 걷다가 '조금 지쳤으니 찻집에라도 갈까?

오, 저기 있군…' 할 수 있는 것도 아니었는데 말이지.
지쳤을 때 쉴 수 있는 장소가 있으면 좋지만 그런 곳이 항상 있을 거라고 장담은 할 수 없어. 그러니 길을 가다 쓰러지지!
그래도 걷는 사람은 걸었다고….

L : 뭐 그 방법밖에 없었다는 것도 있겠지만 말야.
기껏해야 말을 타는 정도였을 텐데, 그런 것을 이용할 수 있는 사람은 한정되어 있었을 테니.

작 : 그렇게 생각하면 역시 비바 현대! 라는 결론이 나와.
교통 기관도 그렇지만 특히 에어컨 님은 위대하시거든!
참고로 이 후기는 여름에 쓰고 있습니다.

L : 아니, 현대 문명에 감사하는 것은 딱히 상관없지만.
그래서 리나 일행이 여행하는 거리와 경과 일수 쪽은 어떻게 되었어?

작 : 그것은 생각하지 않기로 결의했습니다.

L : 포기한 거냐?!

작 : 길이 똑바로 뚫려 있는 것도 아니고 쭉 걷기만 하는 것도 아니기에 그걸 엄밀하게 설정해봤자 아까의 통행증 이야기처럼 되니까 작중에는 거의 반영할 수도 없고 별로 의미도 없거든.

L : 그럼 작중의 이동 거리는 둘째치고 이야기의 길이에 비해 작가의 집필 속도는 어때?

작 : 그건….

L : 이번 권에서는 조금도 나오지 않은 이런저런 아이디어도 아

직 있는 것 같던데 그것들을 전부 이야기에 넣으면 대체 몇 권이 될는지.

이렇게 된 이상, 한 달에 한 권 정도의 페이스로 쓸 수밖에!

작 : 아니, 역전의 발상으로 오히려 내가 170세까지 건강하게 살 수 있다면 설령 10년에 한 권 정도의 간행 페이스라도 완결까지 갈 수 있지 않을까!

L : 네가 무슨 갈라파고스 땅거북이냐?! 얼마나 느긋하게 집필할 생각이야?!

맞다. 작가가 필사적으로 집필하게 만들기 위해서라도 한 권 다 쓸 때까지 에어컨을 여름에는 난방, 겨울에는 냉방으로 하는 건 어때?

작 : 윽…! 반사적으로 신음했지만, 최근 기온은 에어컨으로 가능한 난방 설정 최고 온도보다 높아서 별 의미 없어.

겨울도 냉방 최저 온도보다 바깥 기온 쪽이 더 낮고 말이지.

L : …정말이네! 아~, 그럼 에어컨 사용을 금지하는 방향으로.

작 : 죄송합니다. 최대한 노력할 테니 그것만은 용서해주세요.

L : 음, 노력하도록 해!

아무튼 작가의 결의가 강제로나마 새롭게 다져지기도 했으니. 그럼 여러분, 괜찮으시다면 다음 권에서 다시 만나요~.

후기 끝.

슬레이어즈 17
머나먼 귀로

1판 1쇄 인쇄 2020년 11월 8일
1판 1쇄 발행 2020년 11월 15일

지은이 Hajime Kanzaka
일러스트 Rui Araizumi
옮긴이 김영종

발행인 정욱
편집인 황민호
본부장 박정훈
마케팅 조안나 이유진 이수정
국제판권 이주은 김준혜

제작 심상운 최택순 성시원
발행처 대원씨아이㈜
주소 서울특별시 용산구 한강대로15길 9-12
전화 (02)2071-2018
팩스 (02)749-2105
등록 제3-563호
등록일자 1992년 5월 11일
ISBN 979-11-362-4884-8 04830

SLAYERS Vol.17: HARUKANARU KIRO

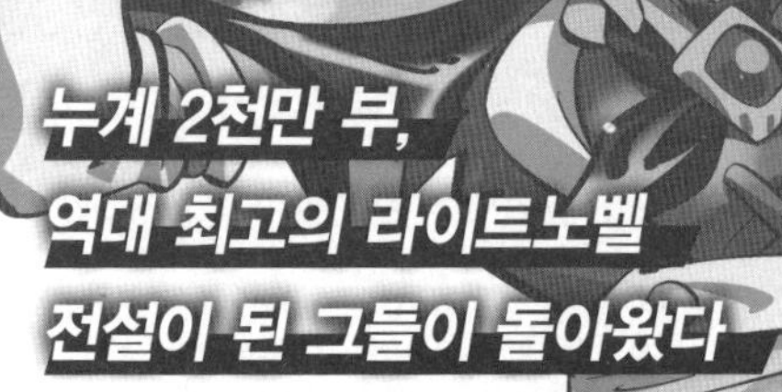

강마전쟁의 위기를 막아낸 후, 귀향을 결심한 리나와 가우리.
하지만 도중에 들른 아텟사 마을에서 도적 소동에 다시 휘말리게 된다.
마력을 증폭하는 탤리스먼을 잃고 전력이 대폭 다운된 리나에게
과연 승산은 있는 걸까?
"그런 적들이라도 이길 수 밖에 없잖아."
하지만! 이런 위기일 때야말로 '믿음직한 동료들'의 존재가 빛나는 법.
안개가 자욱한 깊은 숲속에서 리나의 마법이 포효한다!

HAJIME KANZAKA 칸자카 하지메 일러스트 | 아라이즈미 루이 번역 | 김영종

슬레이어즈 16

아텟사의 해후